# 明日香さんの霊異記

高樹のぶ子



潮文庫

# 目次

奇《くす》しき岡本　5
飛鳥寺の鬼　49
率川《いさがわ》神社の易者　101
八色《やくさ》の復讐　161
夢をほどく法師　225
西大寺の言霊　271
解　説――池上冬樹　319

カバーデザイン◉鈴木正道（Suzuki Design）
カバーイラスト◉六七質

# 奇《くす》しき岡本

すでに五時を過ぎているというのに、わずかに開けた窓から、白く濁《にご》った熱気が入り込んでくる。明日香《あすか》は、薬師寺の北受付近くにある職員詰め所で、弥生《やよい》さんと並んで本日の売り上げ報告書を作成している。明日香が電卓を叩き弥生さんが数字を書き込む、いつもの作業だ。

明日香の仕事場である大講堂は、日本最大級の木造建造物で広々としていて、風もさわさわと抜けるし、ほどほどに湿ったひんやり感もあるけれど、いざ詰め所に戻ると蒸し風呂に近い暑さだ。

「はい、今日も一日、無事おつとめが終わりました」

弥生さんがそっとボールペンを置いた。

無事おつとめが終わりました、というのは、三十数年も同じ仕事を続けてきて、今は大講堂のチーフをつとめている弥生さんの口癖《くちぐせ》だ。三十数年という年月に較《くら》べて、まだ一年ちょっとにしかならない明日香も、いつの間にかその声を真似《まね》ていた。

「はい、お疲れさまでした」

弥生さんに向かって会釈《えしやく》をした。

胸に「薬師寺」の刺繡《ししゆう》が入った白いポロシャツをロッカーに吊るし、明日香は生成《きなり》色《いろ》のチュニックに着替える。ロッカーの小さな鏡に映る自分の顔が好きだ。背が低いので鼻から上しか映らないのだが、広い額の下の長い睫《まつげ》は自前だし、おかげで疲れていても怒っていても笑顔に見える。弥生さんはすっぴん美人だと言ってくれたが、そのときは珍しく眉を描いていたので戸惑った。お化粧してもしなくても大して変わらないと判れば、あれこれ顔に塗るのが面倒になった。

詰め所を出るとき、ふと「あの事」を弥生さんに話してみようかと思ったが、忙しそうだったのでやめた。弥勒如来《みろくにょらい》に願いを書く絵馬を、こっそり明日香が見ていることを知ったら叱られるかもしれない。けれど絵馬は、誰でも見ることが出来るように並べて掛けられている。

この人、どんな願い事をするのかしら。

五百円で真っさらな絵馬を売るとき、ふと興味が湧いて、あとでちらりと絵馬を見ることがある。それが仏罰の対象になるとは思えないけれど、ちょっと心が咎《とが》めるのも事実。

受験の季節なら千円の大判の合格祈願絵馬が良く売れるし、他の時期であっても、「家内安全」とか「幸せになれますように」とか「恋人が出来ますように」、ときには「癌《がん》になりませんように」や「手術が成功しますように」というのもあるけれど、中学生ぐらいのあの少年が書いた五百円の絵馬を、吉祥天福禄寿護符《きつしようてんふくろくじゆごふ》の残り数を確かめるついでに、視野の片隅で盗み見たとき、明日香は慌ててその一枚を、他の絵馬の後ろに隠すように掛け直していた。

「母は殺された。どこに埋められているのか。母に会いたい」

幼ない字で、マジックの横書きだった。

人気《ひとけ》が途絶えたとき、もう一度確かめたが、奉納という朱印の下に、それだけしか書かれていない。

詰め所の裏手に置いている自転車に乗ると、汗が噴き出してきた。おつとめの間は、汗もじっと我慢していたのかな。

奈良町《ならまち》の自宅に戻るには背中に夕陽を浴びる。朝は朝陽が後ろから覆い被さってくる。通勤はいつもお日さまを背負わなくてはならない。でもおかげで、日に焼けないですむ。

明日香が薬師寺の非正規職員として雇われたのは、五年前に亡くなった祖父がかつて職員として働いていた御縁と、祖父を知っていた弥生さんの推薦があったからだが、最初に何度も言われたほど「地味な職場」の印象はなくて、「若い人は退屈ですぐに辞めてしまう」と面談した人が言っていたほど退屈でもなく、気がつくと一年が経っていた。

弥生さんの持ち場は朱印処だが、明日香は絵馬だけでなく薬師寺のガイドブックや写真集、護符や祈願札などを売る。お守りや腕輪守、お香も扱う。

いつもの通勤道路をいつものように真っ直ぐ東に向かって自転車を漕いでいるとき、信号が青に変わった。自転車を発進させた瞬間、前を猫《ねこ》が横切った。もう少しでぶつかるところだった。

あぶなかったにゃあ。

その瞬間、またもやあの絵馬が浮かんできた。母親が殺されて、何処《どこ》に埋められているのか判らず、それでも会いたい、って書いてあった。つまり三つの指摘だ。

「母親が殺された」という一番目の文章が本当なら、これはれっきとした犯罪だし、「その母親が何処に埋められているのか判らない」という第二の事柄は、この犯罪がまだ発覚していないことを意味しているわけで、それでも「母親に会いたい」という

第三の文章は、どうにかしてこの犯罪の謎を解き母親の魂を鎮《しず》めたい、ということだろう。

いやいや、本当のはずがない。ミステリー好きの少年の、ちょっとしたいたずらに決まっている。

ペダルを漕ぐ足に力がこもる。いつもの悪い癖が出そうだ。一枚の変な絵馬から妄想が膨《ふく》らんでいき、押さえることが出来なくなっている。

明日香の家は、入り組んだ奈良町の、狭い通りからさらに奥まったところに、崩れそうな瓦屋根を乗せて、かろうじて立っている。離婚した母親の加寿子《かずこ》が明日香を連れて、名古屋から実家に戻ってきたのは明日香が三歳のときで、その後母親は奈良市内の三条大路の化粧品店で働いた。娘から見てもなかなかの美人で、お化粧も映えて、セールスの腕は店ではトップだったらしい。

三歳まで住んでいた名古屋の家も、父親のことも、明日香の記憶にはないが、母親が「名古屋のサクラにいた頃」と話していたので、その地名だけはアタマに残っている。父親は建設会社のサラリーマンで、妻と娘が「サクラの家」を出た数年後、その家が土砂崩れに遭って死んだ。母親に離婚の理由を訊ねたら、性格の不一致や、のひとことで片づけられたが、死んだとき父親が再婚していたかどうかは言わなかった。

天罰いうんは確かに在るね、とあっけらかんと嘯《うそぶ》いただけだ。

もともと加寿子は気持ちがさっぱりして執着しない性格だったし、子育てより仕事の方が好きだったので、明日香は家の中でいつも祖父母と一緒だった。

祖母が先立ち、父親代わりだった祖父も死んだあと、加寿子は決然と娘に言い放った。

これから名古屋に出て、人生をやり直すわ。

あんたも短大卒業したら、この古い家出て、自由に生きたらええ。お祖父ちゃんが残してくれたお金はあんたにあげる。お母ちゃんは甲斐性《かいしよう》あるから大丈夫や。

これまでの仕事が認められて、名古屋のデパートで化粧品売場のマネージャーを打診され、即座に受けたのだ。

こうして母親は飛び立ったけれど、明日香は短大を卒業したあとも、古い家にひとりで住み続けている。母親は今年四十三歳だが、もしかしたら娘の結婚より早く再婚するかもしれない。

軽自動車一台がようやく通れる路地からさらに自宅への小径《こみち》を入る前に、明日香は自転車を下りて路地の向かいの畳屋を覗《のぞ》く。ガラス戸越しに繁《しげ》さんが畳の張替をしている姿が見えると、繁さんただいま、と声を掛けるのだが、最近は仕事が減ったのかひっそりしていることが多い。明日香の祖父と同じ歳なので、畳を持ち上げたりリヤカーで運んだりするのが辛くなったのかもしれない。

けれど今日は、居た。縫《ぬ》い上げた畳の上に腰を下ろして煙草《たばこ》を吸っていた。

「おお、明日香ちゃん、お寺の弥勒さんは今日もご機嫌よろしいか？」

「うん、昨日と変わらず。千年以上、同じ顔してはる」

自転車を立てかけて入っていくと、アルミの灰皿に煙草を押しつけながら、眉間《みけん》に皺を寄せた。苦情を言うときの繁さんの顔だ。

「あのな、オタクの八咫烏《やたがらす》やけどな」

「ケイカイいう名前なんやけど」

「どっちでもええけど、昼間仕事しとったら、煩《うるさ》いでえ。ぎゃあぎゃあ鳴いてエサを寄越せて催促や。うちのばあさんが、カボチャ煮た煮干しを樹の下に置いたら、あっという間に食べてまた催促や。わしが出ていくと、バタバタと飛び立つのに、ばあさんだとすり寄ってくる。女好きのカラスや」

「それはご迷惑さま。けど別に、うちのペットやないよ。女が好きいうんも違う。正しい行いする人が好きなだけや」

「なら、わしが一番好かれるはずや」

「長い針を畳にぶすぶすと突き刺すのを見てて、ケイカイは繁さんをケイカイしてるんと違う?」

繁さん、ふんと横を向いたので、明日香は自分で笑った。ケイカイはケイカイシンが強いんですねえ。付け加えても横を向いたままの繁さん。

晩ご飯の食べ残しを出がけに家の前のクスノキの下に置いていたら、樹の上に居着いてしまった。何しろ古家を覆うように立つ大木なので、どこに巣があるのか下からは見えない。

繁さんは八咫烏などと高貴な呼び方をしてくれるけれど、八咫烏は道に迷った神武《じんむ》天皇を大和《やまと》に導いた三本足の神聖なカラスで、明日香が名付けたケイカイの名前は、明日香の愛読書「日本霊異記《りょういき》」の編者だ。さほど偉くはない。休みの日、不思議な話を集めたこの本を読んでいるとき、外でケケカカ、ケケカカ、クヮウクヮウ、と鳴いて煩いので、黙れケイカイ!　とガラス戸を叩いた。その音で飛び立つでもなく、首を傾げてつつっと近づいてきた。黄味がかった目の縁に愛嬌《あいきよう》がある。明日香と視線が合っても逃げようとしない。ガラス戸を開けて、こらケイカイ!　と呼ぶと、さらに近づいてきた。

明日香は奇妙な心地がして、ガラス戸のレールにポップコーンを一個置いた。ケイカイは大きな羽根を羽ばたかせてレールの上に乗ってきた。カラスの羽根の大きさに驚いて後ずさったところ、ケイカイはポップコーンを食べるでもなく、黒い羽根をゆっくりと収めてクククと鳴く。このカラス、人慣れしすぎている！　良く見ると目が人間みたい！

そんなことを繰り返すうち、何となく言葉が通じるようになった。クククないしはクルクルクルはイエスで、グワグワとかギャオギャオと割れるような声を出すときはノーの意味だ。ときには明日香の声を真似たりもするが、これは明日香をからかっているらしい。

「ねえ、繁さん」

右の掌《てのひら》に巻いた針受けの厚い皮を取り外しながら、繁さんが顔を上げた。ちょっと迷ったけれど明日香は「あの事」を話してみたくなった。

「……今日ね、中学生ぐらいの男の子が絵馬を買って奉納したの。五百円の小さい方」

そこに書いてあった三つの事柄を言う。それを聞いた繁さんの顔色は夕闇迫る中で青白く浮き上がり、目がきりりと光った。繁さんは明日香に負けず劣らず、事件や謎が好きなのだ。

「やだ、そんなコワイ顔せんといて」

「入り口の格子に夕刊挟まってるはずや。取って来てみい」

「え、なんで？」

明日香は言われたように格子に突っ込まれた夕刊を持ってきた。繁さんは社会面を開いて目を泳がせたあと、出とらん、とぼそりと言う。

「やだ、新聞には出てないわよ。だってまだ、発覚前だもん」

「……親子のトラブルとは違《ちゃ》うけど、週刊誌の広告に、兄が妹を殺して自分も自殺したいう事件なら出とる……ほらここや。性の奴隷《どれい》か愛の極致か……」

「うわスゴ！　兄妹がそういう関係やったわけ？」

ニュースショーでは受験ノイローゼだと言っていた。

「家族という現代の闇……仲が良すぎた兄妹……計画的心中か発作的犯行か……病んどるなあ」

「うちはバラバラで、愛の省エネ家族やね。でもあの絵馬、本気で母親探してたんかも……」

「けどそういうことは、五百円ぽっちで弥勒さんに頼まれてもなあ、教えては貰《もら》えんやろ」

「うちが大好きなあの本は、どのお話も仏様が主役やけど、仏様は人々のために、いろいろやってくれてるよ。怒ったり泣いたり、褒めたり罰与えたり」

日本霊異記は仏教説話集なので、お話の最後にはジャッジ役として、いつも仏様が顔を出すのだ。

「明日香ちゃん、気いつけなあかんよ」

「なんで？」

「名探偵はまず、自らを安全に守る。推理はその次や。その絵馬、いたずらにしては笑えん中身やし、弥勒さんへの本気の御願いなら、ひっそり一人でやるべきや。なんかそれ、不純な匂いがする」

声を聞きつけて繁さんの奥さんが、カボチャの煮付けを持って出て来た。毎度毎度すみませんねえ、と言いながらラップを掛けた小鉢を受け取り、店を出た。

家の前の小径を半分占領しているクスノキに自転車を立てかけて、上を見る。カボチャの匂いが届くはずなのに、ケイカイは下りて来ない。クスノキのすぐ横に石を載せた井戸があり、この樹と井戸が無くなれば、何とか軽自動車の幅にはなる。免許を取ったのに自転車通勤しか出来ないのは、このクスノキと井戸のせいだ。奈良町の道はどこも車が通るには狭いし、けれどその全部が、明日香の何倍も長くここに存在しているのだから仕方ない。

高畑《たかばたけ》明日香が「日本霊異記」を好きなのには大きい声では言えないワケがある。天皇陛下がまぐわいをなさったり、それを見ていた天皇の従者が雷を摑まえてきたり、海の中に放り込まれた人間が生きてこの世に戻ってきたり、髑髏《どくろ》の舌だけが生き残ってお題目を唱えていたり、まるでオカルトみたいな奇妙な話が百以上も入っていて、竹崎真実の漫画を見ている気分だ。一つ一つが短いだけでなく、それぞれに事件が起きた地名や場所が最初に記されているのが面白い。この地名が、明日香の想像力をぐいぐい刺激してくるのだ。

たとえば「美作《みまさか》の国、英多《あいた》の郡《こおり》」に鉱山があって、坑内に落ちて閉じこめられた人夫が妻子の祈りで救い出された話など、美作の国、つまり美を作ると書く国の名前にまず心がときめき、なんかこの国は良さそうだと思う。次に英語の英が多いと書いて、エイタではなくアイタと読むのも不思議でワクワクする。じっとこの地名を見続けていると、坑道に閉じこめられた人夫が「あ痛、あ痛」と叫んでいるような気がして来るし、いや妻子に「会いたい、会いたい」と念力を送っている声にも聞こえてくる。最後に仏の力で救出されると、英多という漢字二文字が、お花畑のように目の前に拡がり、英語の英が愛情の愛にも聞こえてきて、この土地に行ってみたくなる。辞書で引いてみると、英語の英はお花の意味だそうで、ならば愛が溢れて、お花も沢山咲いている花畑を想像したのは間違いではなかったと、難しいクイズに正解したように嬉しくなった。

明日香が日本霊異記を繰り返し読むのは、この地名と不思議な出来事の魅力のせいで、どのお話にも最後に付け加えられる説教、「だから悪いことをしては仏罰が当たります」とか「だから善い行いをすれば仏様が救って下さいます」という数行は、はっきり言ってどうでも良かった。自分でも信仰心は薄い気がする。

この説話を蒐集《しゅうしゅう》した景戒《けいかい》さんが、千二百年も昔、薬師寺の僧侶だったことも確かに御縁だと思うし、お祖父ちゃんがこの本を読んでみろと言わなければ、地名の面白さに目覚めることも無かったのは確かだけれど……昔の日本にはなんと面白い地名が溢れていたことだろう。「紀伊の国」の「名草《なくさ》」の郡の「埴生《はにゅう》」の里、なんてもう、それだけで草っ原がどこまでも続く風景が見えてきて、夕焼け空に赤とんぼまで飛んでしまうのだ。

こんな風なので、地名に関する本は書棚にぎっしりと並んでいる。この書棚、明日香にとっては夢の入り口なのだが、ボーイフレンドが出来たらどこかに隠した方が良さそうだ。薬師寺で絵馬や護符を売る地名フリークなんて、イメージが悪すぎる。

明日香の書棚に、他の古典の本は一冊も無いし、もちろん仏教の本も無い。古典は源氏物語で懲《こ》りた。スズメを生け捕りにする若紫のどこが面白いのか、いまだに解らない。

二日後の土曜の夕方、刀や矢を身につけている荒神《こうじん》護符が売り切れ、ラピスラズリの腕輪守も残り数が少なくなった。

東北で大地震や津波が起きて、誰もが災難から身を守りたくなっているのだ。荒神護符が五百円、腕輪守が六百円。それぐらいのお値段なら、仏様を信じてもいいのだろうし、仏様もその程度なら守って下さりそうだ、などと思いながら目を上げると、弥勒如来の前に置かれているお香台を、じっと見下ろしている細い影があった。明日香の視線に気付いて顔を上げた。あの絵馬の少年だ。

視線が絡み合ったように動かせない。

少年は絵馬の塊の前まで来て、自分が奉納した一枚を探した。探しながらちらちらと横目で明日香を見た。明日香は後ろめたい気持ちで後ずさり、後方にある机に戻る。振り向くと、自分で書いた絵馬を探しだした少年が、一番前の目立つところに掛け直している。

彼は明日香の前に滑るようにやってきた。

「高畑明日香さんですか」

「はい」

細い金属を鳴らすような、良く通る声だ。なぜ名前が判るのだろう。ポロシャツの刺繍は高畑の二文字だけなのに。

「僕の絵馬を隠しましたね」

「隠したわけではありません。ただ、他の人が読むと誤解されそうだったので」

「誤解」

「殺されたとか、そんな言葉が書かれてあったでしょ？　そういうの、良くないわ。それに死体がまだ発見されてないんでしょ？」

明日香は自分の声が、探偵のようになっているのに気付く。この高揚は、美しい少年に見詰められているからか、それとも謎解きの世界に入り込んでしまったからなのか。

少年の表情は変わらない。切実な笑みが浮かんでは消える。良くないわ、と言ったものの何が良くないのだろう。

「誤解ではありません。事実です」

きっぱり言われて、明日香はそうですかと、どきどきしながら頷いてしまった。

「でもでも、それならお寺に来るより警察に行った方が良いですよ」

あまりに常識的なことを、口にしてしまった。

少年の目はサイボーグのようにまばたきしない。ガラス玉のように透明なままだ。感情が抜け落ちてしまった顔は、肌の白さばかりが磁器のように浮いて光る。明日香の心臓はしんとなる。絵馬の中身は本当かも知れない。

「いつ殺されたの？　お母さん」

気いつけなあかんよ、と繁さんの声が蘇《よみがえ》る。

「……ともかく殺人は犯罪だし……絵馬に書かれても弥勒さん、困るでしょ？」

彼は片方の頰を、わずかに動かした。

「僕、弥勒さんではなく、明日香さんに会いに来ました」

「私」

ふたたび繁さんの声。ほらな、やっぱし不純な絵馬や。

「明日香さんに教えて貰いたいことがあります。明日香さんが最後の頼りなんです」

この大講堂は弥勒如来をはじめ、沢山の仏様がいらっしゃるし、堂の東側の朱印処には弥生さんも居るので、何か危険なことが起きても助けてもらえるだろう。問題はなぜこの少年が、明日香の名前を知っているかだ。百個ぐらいの理由がアタマの中を動き回るが、すぐ十個に減り、たちまちゼロになった。全く解けない謎。

「君、どうして私が明日香だって、知ってるの？」

お参りしたあとの韓国人グループが、腕輪守を三個買った。薬師寺と印刷された紙袋に入れて渡し、お金を受け取る。韓国人グループは少年を無視し、お喋《しゃべ》りしながら擦り抜けて行く。意味不明な韓国語が堂内に響く。少年は空気の柱になってすっくと立ったまま、明日香を見続けていた。

「……去年の秋、崖《がけ》崩れのとき、人の命を救ったでしょう」

静かになったとき、少年は言った。

「え、それ、人違い……崖崩れ起きたら、人命救助なんかより、私だけ飛んで逃げるもの」

「ネットで読みました。高畑明日香で検索すれば出てきます。崖崩れを予言して、一家の命を救った霊能力の持ち主が薬師寺にいるって、書いてありました」

少年は無表情に言う。からかっているわけではなさそうだ。霊能力か。麗《うるわ》しい能力なら良いけれど、幽霊の霊なんて、ちっとも楽しくない。お寺におつとめしてて、その上霊能力なんて、いよいよ恋愛から遠くなってしまう。

けれど崖崩れと聞いて、ぼんやりとだが思い当たることがあった。秋の台風の季節、大講堂でガイドブックや写真集を何冊も買ったお婆さんが、まとめて自宅へ送ってくれるように住所を書いたとき、漢字は忘れたけれど「サクラ」という地名だったので、サクラは土砂崩れが起きやすいので気をつけて下さいねと、何気なく言ったところ、かなりあとになって、薬師寺の職員詰め所あてに、丁寧なお礼状が来た。台風で土砂崩れが起きて家が半壊したけれど、命が助かったのは明日香のお陰だと書かれていた。そのことだろうか。明日香は自分の力ではなく、薬師さまと弥勒さまのお力ですと、ちょっと仕事場を意識した返事を書いた。

ネットにアップしたのはそのお婆さんのはずはなく、もっと若い人に違いない。

サクラは、明日香が三歳まで居た名古屋の地名だ。元々は山が川に迫《せ》り出した、土砂崩れが起きやすい狭《せま》い谷間を意味している。サクラのサは、狭いという字から来ているのだ。動物の猿《さる》という字がつく地名も、猿は後からの当て字で、同じように滑《すべ》るという意味があり、崖崩れが起きやすい。牛という字がつく地名も家畜の牛は当て字で、モウモウとのんびり牛が鳴いている土地のことではない。憂《うれ》いのウ、憂うべき、という意味がウシとなった。それは解っていても、明日香はなだらかな丘に牛が草を食べている風景を思い浮かべてしまう。

「……私の名前を知ってるわけは判った。会いに来た目的は、あの絵馬に書かれてあること?」

少年がゆっくり頷き、強いまなざしが足元に向けられる。石井淳です、と名乗った。

「私、犯罪の捜査なんかには役に立たないよ。でも、話だけは聞いてあげる。そういうの、嫌いじゃないから」

いつものドキドキ感が戻ってくる。おつとめが終わっても何も予定が無い。一方、少年はお母さんが殺されて死体が未発見。これは話だけでも聞いてあげなくっちゃ。

約束どおり石井淳は、與樂《よらく》門のところで待っていた。白いシャツに学生用の黒いパンツ姿、ギアが何段もある高級自転車に跨《また》がっている。

「さてと、それで? 殺人現場はどこ?」

にこりともしないが怒った表情でもない。目の縁がわずかに白く翳《かげ》った顔が、深刻さを醸《かも》し出している。こんなに喜怒哀楽の表れない少年も珍しい。あとで繁さんに話そう。その手の内向型が一番危険なのだと、言うかも知れない。

コンビニで爽健美茶を二つ買い、どちらからともなく自転車を漕いで北へ上がる。

松並木と土塀が左右から覆い被さってくるこの旧《ふる》い道は、唐招提寺《とうしょうだいじ》へ続いていて、周囲には伽藍《がらん》や塔や寺務所の建物が沢山立っているが、その分静かだ。

瓦屋根の門の前で自転車を止め、ひんやりした石段に腰を下ろすと、ハイ、とお茶を渡した。淳は素直に受け取り、明日香を真似て一口飲んだ。

「さてと。お母さんは誰に殺されたって？」

「父です」

「お父さんがお母さんを殺した」

「はい」

「なんでそんなこと、判るの？」

「見てました」

「君が見てた。黙って見てた」

「はい」

「はい、って、それは無いでしょう。殺人でしょう」

淳が急に黙ったのは、明日香のもやもやと膨らむ気持ちが伝わってしまったからか。

「だってね、警察ですよそういう場合は」

沈み込む気配のほかに反応が無いのはどうしてだろう。もしかして、本当にとんでもない事件が起きているのかもしれない。少なくとも彼は、深刻な事態の中にいるようだ。

「それ、ちょっと、どういうこと？　本当のことなの？　それとも私をからかってる？」

松風に促されるように、石井淳が語った成り行きはこうだ。父親と母親は共に獣医で、斑鳩《いかるが》の法起寺《ほうきじ》の近くで岡本動物病院を営んでいる。岡本はそのあたりの地名で、家畜を主に診ている。夫婦の他には看護師が一人だけの小規模な病院だという。淳は、いま中学三年だ。

自分もやがては獣医になって動物の世話をしたいと思っていたが、理数系に弱いので無理だろうと母親に言われた。でもほんとうは母親は息子を獣医にするのが夢なのだ。

「お母さんがどう言おうと、勉強して獣医さんになるのは君でしょ？」

「母は凄い人です。間違ったことがない。父も母の正しさには逆らえません」

「ふうん、うちの母親はいつも間違ってばかりで、面倒なこと娘に押しつけて名古屋に逃げ出しちゃったけど」

崩れかかった家の屋根、クスの大木に井戸。明日香の母親はマンションで、イタリア家具に囲まれてお洒落《しゃれ》に暮らしている。

「君のお父さんは、万事正しいお母さんに逆らえない。で、正しいお母さんを殺しちゃったわけですか」

軽く言ったのに、淳の横顔が震えはじめ、覆った両手の間から涙が落ちてきた。明日香は突然の成り行きに、慌てて周りを見回した。あの無表情から何かが飛びだしたのだ。

「……母は獣医として学会で表彰された人で、父は何一つ母には敵いません。いつも母にコンプレックスを持っていました。母はそれでも何人もの求婚を断って父と結婚しました。心の美しさも人間としての優しさも、父と母では較べようがありません。ただお酒を飲んだ時だけ、父は真っ赤な顔をした鬼のように強くなる。その時は母を殴《なぐ》ります。逃げても逃げきれない。執拗《しつよう》なボクサーみたいに、顎《あご》や鳩尾《みぞおち》を狙ってピンポイントで拳を打ち込む。離れた所から暴れる牛の急所に、一発で麻酔銃を打ち込むことも出来る。目も腕もハンターのように正確です。母はひとたまりもありません。父のアタマの中を、牛や馬が走り回ると、父は夜行性の獣の目になるのです……でも、牛や馬が逃げ出すと、すぐに土下座して謝ります。父は獣です」

何となく想像がついた。お酒を飲んで暴力をふるう父親を、押しとどめようとする息子。

「それでお父さん、勢い余って殺してしまった……ってこと？」

鳥肌が立ってきた。本当なら大変なことだ。

「殺すつもりは無かったと思います。母が痛み止めの注射を打つように、何度も何度も頼みました。父は土下座して自分のやったことを謝ったけど母は許さず、早く静脈に注射を打ってくれ、痛みを取ってくれと大声で叫びました。母の身体は粉々に砕かれていましたから」

「で、注射を打った」

「牛馬用の麻酔《ますい》薬、ケタミンです。人間にも効果はある。母は静脈に注射されて、楽になりました。ストレッチャーの上で静かになったので、僕は毛布を掛けてあげました」

そのあとの話は、耳を塞《ふさ》ぎたい気分だ。

「そのままお母さん、帰らぬ人になった……」

「消えました」

「消えた」

「朝起きてストレッチャーのところに行ってみたら、母の身体は消えていました」

「それはね……」

明日香は深呼吸して言う。

「だからそれはね、どこかに逃げ出したのよ。二度とこんな暴力はいやだって」

「……父も同じ事を言います。でもそれは嘘です。あんな身体では一歩も歩けない。ケタミンを注射されて、動けるはずがない。母はあのまま死にました。でも、母の身体をどこに運んだのか、どこに埋めたのか判りません。明日香さんに教えてもらわないと、僕はもう母に会うことができない」

咽《のど》が渇いているのに気付き、ペットボトルを持ち上げるが、口に持ってくる手が震えてしまう。ようやく一口飲み込んだ。そのお茶は、すぐに大量の汗になって全身から噴きだしてきた。

「……本当に私、霊能力なんて無いのよ。ネットに書かれていたかもしれないけど、完全な誤解で……旧い地名に詳しいだけなの」

道路の向こう側から白い猫が用心深く近づいてくる。明日香の足元まで来ると、突然淳に向かって牙《きば》を剝《む》いて毛を立てた。淳はペットボトルを持ち上げると猫めがけて投げつけた。お茶が飛び散る。ペットボトルの弾丸は猫の眉間に当たったらしく、猫は横向きに倒れた。起き上がろうとするのを素早く片手で持ち上げると、道路の向こう側の縁石めがけて打ちつけた。鈍いイヤな音がした。

「死ね」

蒼ざめた顔で戻ってきた淳は、そのまま両手で顔を覆い泣き続ける。明日香は、猫がよろけながら草むらに消えるのを、息をするのも忘れて見守った。

石井淳と別れた明日香は、畳屋の繁さんに声をかけずに部屋に入ると、パソコンを起動した。自分の名前に薬師寺の三文字を加えて検索をクリックすると、二百四十ものデータが出てきて叫びだしそうになる。別人ではないかと思ったが、薬師寺の大講堂や重要文化財、弥勒三尊像などと書かれているのだから、自分のことに違いない。遠くから撮った写真もアップされていた。予言とか霊験とかの文字もある。「サクラ」の土砂崩れを予言しただけではない。地名を紙に書いて見て貰うと、その地に棲み着いている霊魂を言い当ててくれたので、お祓《はら》いをしたのちその土地に家を建てた、などというのもある。旧い地名を見せられて、蘊蓄《うんちく》を垂れたかもしれないが、霊魂までは覚えが無かった。

どうしてこんなことになっているのか。そういえば最近、明日香をちらちらと見て、軽くアタマを下げる観光客もいる。薬師寺の職員はネットなどには関心がないので、こんなこと誰も知らないだろう。

けれど人助けになっているのだから、ちょっと嬉しい。嬉しいけれど淳の悩みには困った。関わりたくないのに、関わるのが御仏の意思のような気もしてくる。御仏を信じているわけではないけれど、まるきり信じないわけでもない。

別れるとき淳は、誰にも言わないで欲しいと懇願した。警察に行くことが出来るなら、明日香さんのところになど来ないと、落ちてくる宵闇《よいやみ》のなかで呟《つぶや》かれて、明日香も溜息をついた。警察へ行けば家族崩壊だ。淳が哀れだった。

もうひとつ、引っかかっていることがあった。岡本動物病院は、法起寺の近くだと言った。岡本と法起寺。日本霊異記に出てくる「岡本の尼寺《あま》」というのは現代の法起寺のことで、岡本の地名が、千二百年昔からあのあたりに生き残っているのだ。

明日香は祖父の匂いが沁《し》みている日本霊異記を取り出して、ページを捲《めく》った。「観音の銅像と鷺《さぎ》の形姿とが不思議な現象を現わした話」という中巻の第十七縁にその地名があった。書き出しは「大倭国《やまとのくにへ》平群《ぐり》の郡鵤《こおりいかるが》の村岡本の尼寺に……」とある。ヘグリノコオリとかイカルガの語感は、茫漠《ぼうばく》とした平原を鳥がゆったりと飛んでいるみたいで好きだ。

……岡本の尼寺に観音の銅像が十二体あった。聖武《しょうむ》天皇の御代にその銅像六体が盗まれ、発見されぬまま月日が流れた。さて平群の駅《うまや》の西に小さな池があった。夏の六月、池のあたりに牛飼いの子ども達が集まり、池の中の小さな棒きれの先端に止まっている鷺に小石などを投げつけたが、鷺はいっこうに逃げようとしなかった。子ども達は、池に入って鷺を捕まえようとした。今にも掴まえられそうになったとき、鷺は突然水に潜った。止まっていた棒きれは、よく見ると黄金の指だった。それを引き上げてみて驚いた、観音様の銅像ではないか。この池は菩薩《ぼさつ》の池と名付けられ、人々は尼寺に知らせた。金箔は剝げ落ちていたが、まさしく盗まれた銅像だった。何の罪があってこんな目に遭われたのかと、尼たちは嘆き悲しみながらも輿《こし》に乗せて像を寺に安置した。にせ金を作る盗人が材料にしようとして果たせず、持てあまして捨てたのだろうと、噂しあった。あの鷺と見えたのは、きっと観音が姿を変えて現れたのに違いない……

こうした短い物語の最後に、いつものように、「仏が入滅されても、仏法の真理は常に存在する、疑うなかれ」という説教が加わっていた。

休みの日の午後、クスの大木の下に黒い塊が在った。張り出した枝の下、午前中の雨に濡れ残った地面の真ん中に、ケイカイは蹲《うずくま》っていた。

触れようとすると羽根を広げてけたたましく啼《な》く。なんだ、死んじゃいないのね。けれど羽根の片方は閉じたままだ。明日香はタオルを持ってきて、全身を巻いた。痛いのだろう、激しく声を上げ続けるので、路地の向こうから繁さんが出てきた。

「どないした、カラス」

「枝から滑って落ちたのかな、それとも他の鳥に攻撃されたのかしら」

「カラスは吉凶を知らせるゆうけど、目えつつかれんように気いつけてな」

「たぶん、足滑らせて落ちただけや」

部屋の中に運び入れ、タオルで巻いたまま平たい洗面器に入れた。ククと啼くのは、心地良いからだろう。

「さて、どうするケイカイ」

ポップコーンを差し出すと食べた。牛乳も飲む。でも飛べない。ドジなカラスやなあ、と声をかけたとき、カラスは吉凶を知らせると言った繁さんの声が蘇った。ざわざわと、全身の体毛が起き上がる。そうか、何事かを知らせに来たのか。

明日香は決心して洗面器からケイカイを抱き上げた。上手い具合に自転車の前の籠《かご》にすっぽりと入った。籠の中から空に向かって、一声高く啼いた。

「行くよケイカイ、イザ、真実を求めて！」

目指すはとりあえず大和小泉駅。法起寺は大和小泉駅からほぼ真西と見当をつけた。その寺は斑鳩町の東のはずれに在り、学生のとき法隆寺までサイクリングした記憶では、法隆寺よりかなり手前に在るはずだ。

けれど明日香の予想は甘かった。奈良駅から電車で二駅分が、自転車では結構な距離で、信号で止まるたび人の視線がケイカイに集まる。カラスですか？　それ。はいカラスです。説明すると、へええカラスねえ、と微妙な顔になる。カラス好きの人間は少ないのだろう。ケイカイは覗き込む人間の邪淫《じゃいん》を裁くかのように、黄色い目の縁を剝いて威嚇《いかく》する。ときにけたたましく啼いて見物人を後ずさりさせた。

法起寺にたどりついたとき、明日香もケイカイも疲れ切っていた。受付の中年の男性に、岡本動物病院の場所を訊ねた。

「……それ、カラス？」

「はい、怪我してるんです」

「動物病院はこの路を上がったとこや。けど、まだやってるんかいな……病院閉めるいう噂聞いたからなあ。この寺は白鷺の寺で、あいにくとカラスは御縁が無いけどな」

あははと、面白そうに自転車の籠を見る。

「知ってます、霊異記の中巻の十七縁ですね。観音様盗まれたんは、この法起寺、昔の岡本の尼寺ですよね？」

たちまち男性の目に尊敬の気配が宿り、へえ、あんた学者さんですか、と言うので、いいえ、このカラスを助けてやりたいだけです、と答えた。

「で、鷺が水に潜って観音様になったいうんは、そこの池ですか」

寺の境内の、睡蓮《すいれん》が花開いている池を指さした。

「さあてね、このあたりは溜め池があっちこっちに在りますからねえ。この寺の大きさやて、今の何倍もあったそうや。地名はこのあたり全部、岡本ですしね」

ああ、だから地名は凄い、と明日香はあらためて思う。どんなに地形が変わり、建物が移動して景色が変わっても、地名はそのまま、まるで歴史の証文のように生き続けてきたし、これからも生き続ける。人の名前は親がキラキラネームを付けても、その子一代限りのことだが、地名は何百年も続く。何十代もの人生がその土地の上を通り過ぎるのだから、一時の流行で、簡単に地名を変えてはいけないのだ。

言われたとおりに法起寺の後ろの路を上がると、岡本動物病院の看板があった。アルミ枠のガラス扉の内側に、明かりが点いている。籠からケイカイを取り出し中へ入ると、前髪を切り揃えた美少女が出てきて、目を丸くして明日香とケイカイを見較べた。白衣を着ているので看護師だろう。淳の姿は見えなかった。住まいは病院の隣にある二階家に違いなかった。

このカラスを診ていただきたくて、と言うと、磨りガラスの奥の部屋から、どうぞ、と男の声がする。

診察室と書かれた部屋に入ると、痩《や》せた白髪の、ポロシャツ姿の男性が椅子を半回転させて、明日香とケイカイの方を向いた。背後にスタンドの光が溢れ、ドクターの身体の輪郭《りんかく》が光の中に沈み込んだ。これが淳の父親か。

「カラスですね、どうしましたか」

静かで優しい声に、明日香は戸惑う。こんな人がお酒を飲むと豹変《ひょうへん》するのだ。部屋の隅にストレッチャーが置かれていた。人間用のものより、一回り大きい気がする。棚には薬ビンと箱が並んでいる。

「樹から落ちて蹲っていました」

看護師がタオルをほどき、ドクターの胸の前に差し出した。ドクターの指は宙を泳ぎながらケイカイの羽根に近づく。直接触れるのをためらっているのか。ケイカイは騒がず、その指がゆっくりと羽根に近づくのを待つ。空気の層ごと羽根を包み込むような仕草で、ようやくケイカイに触れた。なんと優しい触れ方だろう。

最後に指先が羽根の根本まで届いたとき、ケイカイはキキキと身をよじって啼いた。

「骨折してますが、添え木すれば治るでしょう」

看護師が細いプラスチックのパイプを取り出して、五センチばかり切ると、さらに縦に割った。馴れた手つきだ。羽根の付け根を上下から挟んで黒い糸で固定した。

「部屋の中で飛べるようになれば、外に放してやってください。あなたが飼ってるの？」

「いえ、ときどきエサをやるだけです」

「そう、では嘴《くちばし》に気をつけてね。カラスの嘴は不衛生です。生ゴミやネズミなどを食べていますからね……ああそれから、この病院は今日で閉じますから、消毒薬と抗生剤をあげときましょう。感染症に罹《かか》らないように」

「抗生剤はカラス用ですか、それとも人間用ですか」

「……もちろん鳥用です」

ドクターはデスクに向かって、背中で言う。

「嘴でつつかれたら、人間にも抗生剤が必要ですよね……カラス用の抗生剤を人間が飲めばどうなりますか？　動物用の麻酔薬を人間に注射するとどうなりますか？」

ケイカイが首を伸ばして、何かの合図のようにクウウと啼く。してはならない質問だったのだろうか。ドクターは身体を半分だけ明日香に向けた。斜めの光が彼の横顔に降りかかり、黒目がヘーゼルナッツの色に透ける。

「……嘴で突かれて傷を負ったら、まず水道水で良く洗い、外科に行って下さい。破傷風などの危険がありますから」

看護師がタオルを巻くあいだ、明日香はドクターを盗み見る。横顔は淳に似ている。それに色白で静かな気配。色白の男ほど、お酒で上気すると赤鬼のようになるのだろう。

「……この病院、閉じるのですか」

「そうですよ、たぶんこのカラスが最後の患者だ」

「どこに行くのですか」

ドクターは横顔のまま薄く笑った。明日香の胸に迫《せ》り上《あ》がってくるものがある。

「私、淳くんの知り合いなんです。先生の息子の、石井淳くん」

横顔から笑みが消える。看護師がそっとケイカイを差し出した。その赤い爪《つめ》が震えている。白い手と赤い爪と黒い鳥。一瞬の目眩《めまい》は、ここまで自転車を漕いできた疲れかもしれない。明日香は目眩の中で、ドクターの声を聞いた。

「そうでしたか、淳のお友達ね……確かに淳が生きていればあなたぐらいの歳だ。これは淳の妹の佐和《さわ》です……あれからちょうど十年です。娘と一緒に十年頑張って来ましたが、ここらで区切りをつけなくてはと考えたわけで……この土地を引き払って別の街でクリニックでも開ければと思っています。幸い、この裏山の土で前の溜め池を埋め立てて、宅地造成したいという業者が現れたので……このあたり、来年の今ごろは平らな造成地に生まれ変わっていると思いますよ」

赤い爪の看護師が感慨深げに頷くのを、明日香はあらゆる感情を殺して見ている。水に呑み込まれて上も下も判らなくなった気分。手近なものがあれば、とりあえずしがみつきたい。目の前の佐和は、確かに淳に似ていた。

ドクターの横顔からとろりと溶け出してくるのは悲しみの気配だ。彼は壁に向かって言う。

「……突然妻が失踪した翌日、息子があんなことになるとはね……消えた母親を捜すと言って、買ったばかりの自転車をメチャクチャ走らせたようで……妻が行きそうな場所を片っ端から……9号線から法隆寺北に右折しようとしたとき、西から走ってきたトラックと正面衝突だった……内臓がやられて脊椎《せきつい》も折れて即死でした」

明日香の顔色の変化は、たぶん見破られてはいないだろう。明日香は手元のケイカイに向かって、助けを求めるように呟く。

「……その買ったばかりの自転車は、ギアが何段もついている高級な……」

「よくご存じですね。よほど淳と親しかったみたいだね……中学のクラスメイトだったのかな」

「……」

ふわりとドクターの視線が流れてきた。明日香はケイカイを抱きしめる。

「……それで淳くんのお母様は、どうなさったのかしら」

「行方が判らないままです……私と娘は十年もここで帰りを待ちました」

明日香は、またもや机に向かったドクターの背中に言う。声を出すのが、こんなに大変だなんて、ねえケイカイ。

「……父親が母親に暴力をふるったあげく、麻酔の注射で父親に殺されたのではありませんか？」

ドクターの横顔が、スタンドの光の中に黒々と沈みこみ、どこを見ているのか判らない笑みとともに、ふたたび浮かび上がる。この人は、何も動揺していない。

「淳は中学生でしたからねえ、周りの子ども達も面白おかしく、在らぬ作り話まで流れて……可哀相《かわいそう》に、十歳だった佐和も、それでずいぶん苛《いじ》められました」

赤い爪の看護師が、初めて言葉を挟んできた。

「在らぬ作り話なんかではないわ。母は兄だけをとても愛していたの……試験の前日は、母はいつも兄の部屋に泊まり込んでいたわ……兄は母と一緒でないと熟睡できないほどの一心同体だったの。解ります？　一心同体の意味」

「やめなさい」

ドクターが鋭く遮《さえぎ》ると、赤い爪は溢れる言葉を握りつぶすように、拳をつくった。

「母と兄は、死ぬしか無かったんです」

明日香は立ち上がった。

お金は要りませんと言われて、素直に頭を下げる。診察室を出るとき、ストレッチャーの上の棚に目が行った。

「……ケタミンという薬の名前も、淳くんから聞きました」

「そう、でもそのカラスには必要ありませんよ」

ドクターは静かに言ってボールペンを握り直し、デスクに屈み込んだ。


外に出ると、すでに夕方だった。紫色の雲が厚く重なり、西空の法隆寺の上あたりだけに雲の裂け目が白く光っている。

ケイカイは自転車の籠の中に収まっている。

病院の前に池があり、葦《あし》や水草が繁っていた。水面は灰緑色に濁り、これではフナも棲まないだろう。もうすぐこの池も、他の岡本の土地のように埋め立てられるのだ。静かにしていたケイカイがにわかに騒ぎはじめた。首を左右に振り、飛び立とうとする。明日香にはその理由が解る。

「淳くん」

背後の気配に向かって声をかけた。

「はい」

父親の声に似ている。

「お父さんと妹さんに会ったよ。君はこの十年、ずっとお母さんを捜し続けて来たんだね、そのかっこいい自転車で」

藻が浮かんだ池の表面に、自転車と少年の影が滲《にじ》んでいる。

「……お母さんッ子だったんだ……優しくて、立派で、すごい美人のお母さんだった」

「……はい」

試験の前の夜は、熟睡のために一緒に眠ってくれた。それは口にできなかった。ともかく一心同体だったのだ。明日香はそれ以上考えないようにする。繁さんが見せてくれた週刊誌の広告がちらつく。病んどる、という繁さんの呟きが蘇る。そんなひと言では片付けられない、怖いほどの愛情の熱。明日香はただ、切なくてやりきれなかった。みんな必死だから悲しい。試験が無ければ、獣医を目指さなければ、ふつうの家族で居られたのだろうか。

「父は母の身体を、あの夜どこかに埋めたんです」

「どこかに埋めた……そうかも知れないね……お父さんの出来ること、それしか無かったかもね……ところでお父さん、いつから目が見えなくなったの？」

影が固く濃くなった。やはりそうだ。この前淳が言った言葉が、診察室で繰り返し蘇った。執拗なボクサーのように、ピンポイントで拳を打ち込む……離れた場所から暴れる牛の急所に一発で麻酔銃……夜行性の獣の目……ケタミンを静脈に注射……けれどあの目では無理だ。

ヘーゼルナッツの色に透けて見える黒目は焦点を結ばず、ケイカイに触れるときも、雲の中を探るような手つきだった。それに較べ、まるで目の前で再現するように淳が語った、生々しい暴行の細部。

「……父の視神経がやられたのは、妹が産まれた翌年でした。長年のお酒のせいで、脳の血管が突然切れたのです。しかも父は、それを母に黙っていた。気がついたときは手遅れでした」

「それ以来ずっと、あんな状態なのね」

「母は父を助けて、診療を続けてきました。母は父の何倍も働いた」

「……だとすれば、獣の目でボクサーのように、ピンポイントで拳を打ち込むなんてお父さんには無理だわ。ケタミンの静脈注射も難しそうだわね。若くてしなやかな若者なら可能かも知れないけど……もしかしたら、息子を愛しすぎた母親に、母親を愛しすぎた息子が、発作的に暴力をふるってしまったのを、気の弱い父親が庇《かば》って、世間にひた隠しにしてきたってことも想像できる……」

影が震えている。

「……うちは女子ばっかりの中学やったから、淳くんの年頃の男の子のことは解らんけど、お母さんの身体から出てきたんだから、お母さんの身体が一番心地良い場所なのかもね」

「……母はあの夜、急に他人みたいな顔になりました。試験の前の夜も、もう二度と面倒を見ないと言った。抱きしめるのもイヤだと言った。母は僕の存在に怯《おび》えて、僕を放り出したんだ。だから追いかけた。ただ追いかけただけなんだ……気がついたら母は悲鳴をあげて苦しんでいた……ケタミン、ケタミンと叫んでいた」

「淳くん、この前みたいに、思い切り涙流しても良いよ……」

本当は明日香より年上のはずだが、淳は少年のままだ。明日香には想像できない母親と息子だが、いまもこの少年が母親を捜し続けているのは確かだ。父と妹がこの土地を離れる前に、どうしても母親を探し当てたくて、明日香の前に現れたに違いない。

自転車の傍《そば》の影が、項垂《うなだ》れてすすり泣いている。明日香はその影に身を寄せて言う。

「……あのね、この前も言ったけど、私には霊能力なんて無いの。ちょっとだけ謎めいたことが好きなだけ。ただこの岡本という土地で、千二百年以上昔に起きた出来事なら、景戒という薬師寺のお坊様が記録しておられた……それには岡本の尼寺って書いてあるけど、今の法起寺のことらしい……そのころも、この岡本には、池が沢山あったみたいなの」

明日香は日本霊異記中巻の第十七縁を要約して話して聞かせる。さほど複雑なお話ではない。牛飼いの子ども達に石をぶつけられながらも観音様の化身である白鷺は池に留まり、池の底に沈んだ仏像を蘇えらせた。

「……この池のことですか」

涙声で問われて、明日香はさあと首を傾げる。

「それは何とも言えないけど、ここだとピッタリだと思わない？　黄金の指の先に白鷺が止まっていても、不思議ではないでしょ？　そのお話では、法起寺から盗まれたのは六体で、発見されたのは一体だけだから、まだまだこの池に、観音様が沈んでおられるかもしれないね。私の推理はその程度で……ごめんね淳くん、役に立たなくて」

ケイカイの羽根は数日で治った。羽根に触れても啼かず、痛みも取れたらしいので外に放すと、たちまち大きく羽ばたき舞い上がった。地面に何か落ちてきたので拾いあげると、プラスチックの添え木だった。

やはりポップコーンよりネズミの方が好みなのか、それ以後窓辺には寄ってこない。けれど明日香は、あの日ケイカイが羽根を傷めて蹲っていたのには、理由があると思っている。ケイカイは千二百年昔の景戒の生まれ変わりかもしれない。ここぞと言うとき、合図やチャンスをくれるのだ。畳屋の繁さんは、坊さんは間違ってもカラスには生まれ変わらないと言うけれど、観音様が白鷺なら、旅好きで物語好きな坊さんはカラスでも良いではないか。

明日香はあれ以来、薬師寺の詰め所に置いてある新聞を、毎日こわごわ覗いている。岡本の宅地造成中の埋め立て地、あの池の底から、人骨が発見されたというニュースが出てないか、気になって仕方ないのだ。奈良地方は、どこを掘っても旧い時代の何かが出土するけれど、さすがに人骨が出てくれれば、ニュースになるだろう。

淳くんは現れない。どこか遠くに行ってしまったのか。それともまだ、母親を捜して彷徨《さまよ》っているのだろうか。

梅雨が明けて、強い日射しが堂々と境内に照りつけ、建物の影が一段とくっきりした真昼、明日香はいつもの癖で新しく掛けられた絵馬を盗み見た。そしてその中に、あの横書きの稚拙《ちせつ》な、マジックの文字を見つけたのだ。

「母に会えました。ありがとうございました」

明日香は大講堂の弥勒さまに、そして金堂のご本尊薬師如来さまに、奮発して五百円ずつお賽銭《さいせん》を差し上げて手を合わせた。それを見ていた朱印処の弥生さんに、仏様にお参りするときは、そんなにニコニコするもんじゃないと注意されたけれど、明日香は嬉しくて、手を合わせただけで、頬が弛《ゆる》んでしまうのだ。

# 飛鳥寺の鬼

高校時代のクラスメイトのメーリングリストで、川津《かわづ》明人《あきと》先生が東京の高校に転勤する情報が流されてきた。

明日香の胸の裡《うち》は大波ほどではないけれど、さざ波が立ち、それが鎮まるまで深呼吸を十回も繰り返さなくてはならなかった。

川津先生は、明日香の母校、奈良町に近い県立高校で地理を教えていたが、明日香が卒業して一年後に、南の橿原《かしはら》市の、橿原神宮に近い私立の高校に移った。あのあたりは、奈良時代以前の飛鳥文化やさらに遠い古代の墳墓などが沢山あり、川津先生にとってはお菓子に囲まれた子供のように毎日が楽しいことだろうと、皆が口々に言った。

それなのに二学期の終わりに辞めて東京に転勤するとは、私立高校とはいえ、異例のことだろう。けれど最近は派遣の先生の授業も多いそうだから、年度の途中で先生が代わっても不思議ではないのかもしれない。

明日香が日本霊異記の地名に関心を持つようになったのは、川津先生の影響が大きい。授業が楽しみだったのは、語り口がダイナミックで時には芝居がかっていたからで、

「……ロマンやなあ」

が口癖だった。

「川津の津がつく地名はな、水に縁がある土地に多いんや。私、原則海の男。けどときに内陸地にも津と呼ばれとる土地があってな、ある研究家の本によると六千年前は水位が今より六十メートル高かったそうや。ほんまかな、ほんまかもしれん。そうやったらこの奈良盆地も、どっぷり水に浸かってたわけや。でもって、畝傍《うねび》も耳成《みみなし》も天香久山《あまのかぐやま》も、頂上だけがぽこんと飛び出してた島やったことになる。津や浦や浜の地名がなんで陸の奥にも在るんか不思議思うやろ？　けど不思議でもなんでもない、元々の地形から来とるんかも知れん。ロマンやなあ」

明日香は川津先生の声まで思い出せる。小柄だががっしりしていて、丸い顔に四角い黒縁眼鏡がトレードマークだった。どう見てもモテるタイプではないけれど、小幅な歩き方も女子たちからは、カワイイ！　と言われていた。川津の名前から海の男な

どには連想が行かず、蛙《かえる》のイメージに直結してしまい、愛称はケロちゃんだった。

ケロちゃん、今日は赤い勝負ネクタイだよ。デートなのかな。

大真面目に地理の説明が始まると、眼鏡の中の目が一段と大きくなり、ケロちゃん度も高くなる。生徒に親しみを感じさせると同時に、からかいの対象にもなる。そういうスタンスを先生、喜ぶでも怒るでもなかった。真っ直ぐで単純に見えて、でも本当はコワイ人なのかもしれない。

明日香は尊敬していた。尊敬の裏側に、密《ひそ》かな憧れがあったのは、地理や歴史や地名などを語るとき、仕事とは思えないほどの熱意と思い入れが感じられたからだ。

授業が終わって、廊下で立ち話をするときの川津先生は、明日香を大人のように対等に扱い、職員室に戻る時間もないまま次の教室に歩いていった。あのころもう三十代に入っていたのに独身で、その後も結婚したという噂は聞いていない。

卒業後一度だけ、薬師寺の正門前の喫茶店で見かけたことがある。

「おう、高畑、ここで何やってるんだ」

「先生、ここ、私の職場ですよ」

川津先生は親戚のおばさんみたいな人と一緒だった。丸い顔が少し長く伸び、四角い眼鏡が丸みを帯びて見えたとき、若い女性と一緒でなかったことに明日香はなぜか嬉しくなった。あとで胸がじんとしてきて焦った。昼休み時間が終わったので、手を振って別れた。先生は片手を肩の高さに上げて、手の平を広げたり丸めたりした。子供みたいなバイバイに、思わず笑い返した。先生にとっても明日香は、特別の生徒だったと思う。女性として見られてないのはわかっている。同じ趣味仲間として扱われていたのが嬉しいし、でもちょっと切なかった。

メーリングリストの文面は、ケロちゃんの送別会の呼びかけだったので、明日香は参加の返事をした。

土曜の夜、居酒屋「八咫烏《やたがらす》」に集まったのは大阪の大学に入った男子二人と短大を卒業して就職した女子二人、そして卒業後自転車屋の家業を継いだ男子一人の五人だけだった。冬休みに入ったとはいえ、年末はみな忙しい。

幹事は自転車屋だ。鶏刺身各種とささみやハート、つくねなどの串、キモ刺身に葱《ねぎ》ぶっかけなど、安くてお腹が膨れる鶏料理が並び、飲み放題なのでまずはビールで乾杯した。何に乾杯なのか誰も判らないが、寿《ことぶき》のお祝いではなさそうだ。地鶏ユッケは無いん？　と大阪に行った男子が言うと自転車屋は、それは値段高い、頼むんなら自前や、と却下する。川津先生は、地鶏ユッケ五人前おごる、と宣言して拍手を浴びた。以前より目尻が下がり、全身から力が抜けたような、中途半端なおじさん少年だ。

蘊蓄《うんちく》だけは昔と変わらなかった。なぜ奈良県で鶏料理屋が多いか、とか、鶏とワニと蛙は味が似ている、などと説明が忙しい。奈良県で鶏料理が多いのは、山が深くて鳥類が沢山いたので、古代からタンパク源になっていたからだと、当たり前の説明で少ししらけた。

そういえばこのあたり、地名に鳥がつくのが多いですね、と明日香が言うと、

「そうや、高畑の名前は明日香やけど、飛ぶ鳥の飛鳥もあるし、地名に鴨《かも》がつくんは、昔は鴨が渡って来たんやろう。鴨は水辺にしか来んし、鴨がつく地名は湿地があったことになる」

そんな蘊蓄に関心がない者は、ひたすら刺身に箸をのばした。けれど明日香は川津先生の赤味を帯びてくる顔をさりげなく、けれどじっくりと眺めてしまう。

「先生、むかしのままですね」

「むかしむかし言うな、ちょっと前や」

照れて言い返すが明日香の視線が嬉しいのは確かで、

「このニワトリかて、古代ではあの世とこの世を繋《つな》ぐ神さまの使いやったんやからな」

「え、そうなんですか？　八咫烏のスーパーパワーは知ってますけど、ニワトリがで

すか？」

明日香の隣の女子がのばした箸をひっこめながら言うと、

「農民のあいだではそうやった。けど漁民のあいだでは鵜《う》が神さまやった」

「うう」

「古代史で教わったやろう、聞いとらんかったな。鵜《う》取部《とりべ》とか鵜《う》飼部《かいべ》いうのが宮内省にはあったて。高畑は覚えとるよな」

はい、と明日香は胸をはった。

「鳥を捕まえる役目が鳥取部《ととりべ》で、鳥取県になったんですよね」

「そうや」

先生は明日香の目をじっと見て頷いた。頬が火照《ほて》る。

話題について来られない大阪の薬学部男子が、要するに鳥は天に近いから、神さまの使いになれたんと違いますか？　と、まっとうすぎてつまらないツッコミを入れた。

その続きで、先生、なんで東京へ行くんですか？

「うん、いろいろあるが、ま、私のわがままや」

答えにならない答えで、けれどその質問には応じたくない気配だけは伝わってきたので、それ以上は訊けなくなった。

二次会は無し。別れるとき先生とみんながケータイのメルアドを交換した。

八咫烏から奈良町の家に戻る途中に京終駅《きようばて》がある。駅まで送っていったのは明日香だけだった。賑やかだった先生は無言で歩き、明日香はときどき小走りにステップを踏みながら、時を惜しむように話しかける。

「先生、県立と私立は違いますか？　私立って、お嬢さんが多いんでしょう？」

質問には答えず、先生はマフラーを口に当てて身震いしながら言う。

「高畑は霊異記が好きで、薬師寺に就職したんか？」

「そんな立派な理由と違います。祖父がお世話になっていて、知り合いがいたので、コネで非正規にして貰っただけです。でも、お寺って好きです。霊異記も地名が面白いので好きですけど」

「なら、ちょっと相談に乗ってもらえんか」

駅は目の前だ。明日香の胸は弾ける。歩きながら、もう会えないのだと一歩一歩覚悟を決めていた。

「先生が私に相談？　めちゃ嬉しいです」

「そうか、この本やけど……ページに付箋《ふせん》付けとるから、読んでみてくれんか」

手渡されたのは、明日香の本棚にもある日本古典文学全集の中の日本霊異記だ。ずっしりと重くふつうの本より大型だ。

「これ、持ってます」

返そうとすると、いや、付箋のところを読んでみて欲しいと言う。

明日香は突然、ロマンチックな想像が湧いてきて、胸の鼓動を隠すためにその厚い本を抱きしめた。暗号みたいな文字を組み合わせると、愛情表現になっている、みたいな可能性が無いとはいえないし。けれど先生の次の言葉は、明日香の背を凍えさせた。

「今日高畑が来んかったら、連絡先を聞いてこの本を見てもらおうと思うてたんや。これな、先月から失踪《しっそう》しとる女子生徒が図書館から借りたままになっとる本や。姿を消して数日後に、私宛に届いた。本人が私経由で図書館に返したかったんやと思うが、他に本人の気持ちを伝えるものが何も無《の》うて、残されたんはこの本だけや。付箋のところに私宛のメッセージが書き込まれとる。高畑ならその謎を解いてくれるかと思うてな……私も名前書かれて正直参っとる……」

本が三倍の重さになる。

「その生徒の失踪と、先生が東京へ行ってしまわれることと、関係があるんですか？」

「……無いとも言えんが、在るとも言えん。姿消したんは中園真智《なかぞのまち》いう子で、担任でもないし、何で私にこの本を届けてきたんか正直判らん。何かのメッセージかもしれん。まるで判じ物や。いつもぼんやりしとるのに遺跡とか古墳の話が好きで、ときどき新聞の切り抜きなんかを持ってきて見せてくれた。いじめに遭うていたと言う生徒もおるが、担任はそんなのは初耳や言うし……私立やしな、そういう噂は消したい連中ばっかりや」

うちと良く似た女子やと、明日香は直感する。いじめには遭わなかったが、川津先生との繋がりはそっくりだ。

終電に乗り損なうと大変だと走り出した先生は、年内はこっちにいるからまた連絡すると振り向いて言い、いつものなつかしいバイバイをした。やっぱり子供じみてて笑えたけれど、今夜はうら寂しい。本だけが、どすんと明日香の腕に残された。

思いもかけない成り行きに、家に戻ってもすぐその本を開く気にはなれなかった。川津先生との縁は繋がった。先生に頼りにされていると思えば嬉しいけれど、行方不明の女生徒を探す手助けなんて、楽しくもない。先生はこのまま東京に逃げ出すつもりではないのかしら。

甘い気分と重たい気分が交互にやってきて、先生のケータイにメールを打った。

「先生、電車間に合いましたか？　霊異記の本、重いですよ～そのうちお返しします から、それまで東京に行かないでくださいね」

すぐに返信があった。

「いま畝傍《うねび》に着いた。すまん。トシのせいか気が弱くなった。人生山あり谷あり谷底ありどん底あり」

それを読んで明日香は、賑《にぎ》やかに振る舞っていた先生は何かに追い詰められている気がしてきた。どん底あり。そのひと言を打ち込む先生は、生徒に愛されからかわれたケロちゃんとは別の、暗い目をしている……

付箋の付いたページをめくった。上巻の第三縁、つまり第三話で、タイトルは「雷の好意を得て授けてもらった子供が強力であった話」。

あらためて読み返してみる。敏達《びたつ》天皇の御代に尾張の国の阿育知《あゆち》の郡片蕝里《かたわのさと》に一人の農夫がいて、折しも雷が落ちてくる。雷はなんと小さい子供の姿になり、命乞いをし、助けてくれたら恩返しのため子を授けると誓うところから始まる。

阿育知はたぶん、今の愛知だね。

明日香はどうしてもそこにこだわる。阿育知→愛智→愛知に変化したのかな。愛智が一番良さそうな気がする。知より智の方が何となく深い感じだし。

で、雷を助けた農夫は、楠《くすのき》の水槽を作り水を張り竹の葉を浮かべて待つよう言われ、そのとおりに実行していると、たちまち霧《きり》を巻き起こしあたりを曇らせて、雷は天に昇っていった。

どうも楠と竹の葉のセレモニーは、雷が天に戻るために必要だったようだ。

明日香は霊異記に出てくる雷が、自尊心や意地みたいなものを人間以上に持っているのを知っている。人間に命を助けてもらったが、超常世界の存在に相応《ふさわ》しい特別の振る舞いが必要だったので、あれこれ注文つけてみただけで、本当はさっさと霧隠れで天に戻って行けば良かったのだ。

負けを認めたくない雷と、まあそれも良いか、という鷹揚《おうよう》な農夫。のんびりした農夫だから、摑まえた雷を殺さなかったのだろう。日本人て昔から過激なことが好きじゃなかったんだと、明日香は嬉しくなる。コワイ雷だって助けるのだから、生きものの命を救って、のちに恩返しされる報恩譚《たん》は他にもいくつもある。

雷も約束を守った。農夫のところに産まれた子供は頭に蛇が二巻きしていて、頭としっぽが後頭部に垂れていたのだ。

こういうの、面白い。後頭部に頭としっぽが垂れているのは、遊牧民がかぶる毛皮帽子と同じだもの。

その子、蛇が巻き付いて生まれただけあって大変な怪力の持ち主、京に出てきて王と八尺四方もの巨石投げの競争をして勝つ。そのころの王は豪族のようなもので、天皇とは違うけれど、倒せば力持ちの名を馳せるには充分だった。そこまでがとりあえず前段。

その子がやがて元興寺《がんごうじ》の童子《わらわ》になる。元興寺は現在、奈良町の明日香の家の近くにあるけれど、それはあとで移されて来たからで、明日香村の飛鳥寺が、元々は元興寺と呼ばれていた。飛鳥寺は、名前からして親戚みたいな気がするし、明日香の大好きなお寺。日本で一番古い飛鳥大仏もおられる。

説話に戻ると……その子は童子になり、あれこれ雑用をこなしたと思われる。

さて当時、元興寺の鐘つき堂で夜ごと死人が出た。怪力の童子は鬼の仕業《しわざ》だと考え、この災難を取り除く武勇伝が繰り広げられる。

童子は、鐘つき堂の四隅に四つの灯りを置き、待機させた寺の人間に「わたしが鬼を摑まえたら一斉にその覆いを取ってください」と言い含める。灯りがあると鬼が出てこないからだろう。

真夜中、用心深く鬼が現れる。すかさず童子は鬼の髪《かみ》を摑み、早く四つの灯りの覆いを取るように言う。けれどパニックになった寺の人間たちは言われたとおりに出来ず、童子は鬼の髪の毛を摑んで引きずりながら、四隅を順々に回り、一人で灯りの覆いを取っていった。こうして鬼の姿を灯りに晒《さら》したのだ。

鬼は逃げたが、髪の毛を引き剝がされた血のあとを辿り、最後には悪鬼の正体に辿り着く、という話で、そのとき童子が引き千切った鬼の髪は元興寺の寺宝になっている、というのが中段。

最後の逸話はさらにこの童子が成長して、水利争いで元興寺のために怪力を生かして大石を動かし、寺の田を守ったという怪力譚で終わっている。百十六ある霊異記説話の中では比較的長いもので、主人公が産まれる前からの因縁が書かれていて、親の善行が子に及んだ一例になっているし、子がお金持ちになるとか幸運に恵まれるというのではなく、怪力というのがステキ。怪力で人を助けるけれど、この男が出世したなどという話にはなっていないところも明日香は気に入っている。

けれどいま、明日香の手は震えている。雷も鬼も蛇も怖くはないけれど、この縁の現代語訳の最後の余白のところに、細かな文字が書き込まれているのが目に飛び込んだからだ。

「鐘《かね》つき堂の馬鬼と蛇鬼と猿鬼に殺される。川津先生、助けて！　もう駄目だよ。マッチンはナメクジになります」

マッチンとは真智自身のことだろう。

同じページの現代語訳の二箇所に、紙から赤い血が滲み出したような傍線が引かれていた。

「……鐘つき堂の四隅に四つの燈《あかり》……」

「……童子は、抵抗する鬼を引きずりながら、四隅を順々に回って、燈のふたを開けた……」

明日香は川津先生のケータイに電話した。もう橿原《かしはら》市のアパートに戻り着いているはずだ。

川津先生はいきなり、付箋貼ったとこ読んだか？　と訊いた。

「読みました。先生、これ怖いですよお。この上巻第三縁の書き込み、本当に失踪した生徒の字なのですか？　悪戯《いたずら》ではなくて？」

「それは間違いない。母親にも確認した。書き込みがあるのも、上巻第三縁のとこだけや。母親は校長と教頭にこの書き込みを見せて、エライ剣幕《けんまく》で失踪の原因はイジメで、学校は怠慢《たいまん》やと責め立てたけど、その二行では何の証拠にもならんし、妄想癖いうことに落ち着いた」

「でも、先生の名前が書き込まれている」

「うん、そうなんや。何か出来るんは私しかおらん。何とかせなならんと焦るけど、学校はもう、正直、本気で探す気はない。東京の渋谷あたりには、家出した女の子なんていっぱい居るやろうし。最初はけんか腰やった母親も、今は本人が連絡してくるのを待つつもりや」

「先生だけが探し出すことにこだわってる……」

「うん、まあそういうことや」

あげく川津先生はその私立に居づらくなっているのだろう。助けて、と名指しされた教師はどうすれば良いのか。

「先生、明日の日曜、何か予定入ってます？　わたし、そっちに行っていいですか？　現場見んとアイデアも出ませんし」

川津先生の声を聞くと、面倒な気分が興奮に変わっていく。興奮の種類が自分でも良くわからないけれど、謎解きが先生の助けになると思えば、身体のどこかが妙に張り切ってしまうのだ。

「……現場て」

「はい」

「中園真智の自宅に行きたいんか」

「いえ、その現場ではなくて、先生へのメッセージが書かれている……元興寺、つまり飛鳥寺の鐘つき堂です……日本霊異記上巻第三縁の舞台」

ＪＲの畝傍駅に、川津先生の茶色い日産キューブが停まっていた。小さくて四角い感じが先生のイメージそっくりだ。助手席に乗り込むと、日曜なのに大丈夫か、と気をつかってくれる。

「仕事、シフト制なので曜日はあまり関係ないんです」

「あほ、デートの心配してるんや」

「あ、そっちですか。そっちもあまり関係ありません」

情けないけどそれが真実だし。

「先生こそ、まだなんですか？」

「何が」

「……わたしはお寺勤めだから、お線香の匂いに燻《いぶ》されてるけど、先生は女子校だから、以前よりずっと華やかなんでしょ？」

「そうやな。うんざりやけどな」

昨夜はなかなか寝付けなかったし、ヘンな夢を見たし、問題の霊異記はショルダーバッグに入れてきたけれど、どうも話題をそちらに持って行きたくない。けれど車は飛鳥寺への道を辿っている。

信号で停まったとき、先生はぽつりと言う。

「どうも居心地が悪うてな」

「災難、って考えることも出来ます。助けて欲しいなんて書かれて、先生、無理矢理失踪の理由にされた」

「まあな」

「いま、中学生や高校生の家出、大変な数らしいし、いちいち相手してられない」

ほうっておけば良いのだ。

「……わざわざ図書館から借りた本に先生の名前を書き込むなんて……挑戦的ていうか、何かゲーム感覚ですよね」

「ゲーム感覚か」

「そうですよ、四つの灯りの意味とか、謎をかけて面白がってるみたいで気分悪い。SOSかもしれないけど深刻な感じがしない。先生に伝えたいメッセージがあるんですよ、きっと」

「高畑もそう思うか」

「いじめが理由なんですか？」

「匿名《とくめい》で町の人から生活指導の先生に電話があった。飛鳥川の土手を放課後いつも仲良う四人で歩いていたそうや。同じ制服着てた。けどそれだけではいじめとは言えん。ただの仲良し四人組や」

「でも、馬鬼と蛇鬼と猿鬼て書いてありました。自分はナメクジになるって」

「それなんや。仲良し四人組の一人は中園真智で、他の三人がマッチンから見て鬼に見えたいうんは確かやろう。マッチンが三人の名前をちゃんと書いててくれればすっきりしたのに。一人は髪を伸ばした睫《まつげ》の長い美少女らしいが、そういう生徒はいっぱいおるしな」

「……赤い線が引かれていたのは、四隅の灯りのところでした。灯りの覆いを取って……川津先生に鬼退治を期待した……霊異記の鬼は一人ですが、真智さんにとっては三人もいた……やっぱりいじめですよこれは……」

先生は無言。辛いところだ。

広々とした田んぼを背景に飛鳥寺の屋根が見えてきた。

「……高畑に似たところがあった」

明日香ははっとなって先生の横顔を盗み見る。やっぱりだ。

「真智さんのことですね。そうじゃないかって思いました。だからわたしに相談を……」

「古いモノとかが好きで……でも高畑の方がずっと頭良うて性格も明るい」

「先生、そんな言い訳しなくて良いんです」

駐車場に車を停める。飛鳥大仏の開眼供養《かいがんくよう》から千四百年という白木の看板が立ててあり、途方もない年月だと感心した。

境内に入ると真っ直ぐ鐘楼《しょうろう》に向かった。飛鳥大仏はもう何度もお目にかかっている。お顔が長めの、風格ある日本最古の仏像だけれど、薬師寺の薬師如来さまの方が、ふっくらとしてリアリティがある。日光菩薩さまや月光菩薩さまも、たおやかな身体をなさっていて美しい。飛鳥と白鳳《はくほう》の時代は、かなり洗練度が違うのだ。鐘楼は境内の南西の隅に立派に建っていて、外側には階段まで付いている。除夜の鐘も、鳴らされるのだろうか。

「……先生、霊異記の時代も、鐘つき堂はここに在ったのかしら」

「どうだろう……今よりかなり広い伽藍《がらん》だったのは確かだろうが、鐘つき堂はどうかな。塔を取り囲むように三箇所に金堂が建っていたのは確かで、回廊《かいろう》やその外側には築地塀《ついじべい》が巡らされていた。その塀には四方に門があった。西の門が一番でかかったそうや」

「東西南北は、はっきりしてたんですよね」

「南門は真南で、そこから真っ直ぐ北に中金堂が在った。方位のことは当時からしっかりしてたはずや」

川津先生の手と指がまっすぐ北を指した。皮のジャンパーに赤いマフラーを首に巻いている。なかなか格好いい。

明日香も方位にこだわっている。鐘つき堂は四角い建物だったから、四隅に灯りを置くことができた。目の前の鐘楼がいつ造られたのかはわからないが、やはり空から見れば四角い。丸い建物より四角い方が建てるのがラクだったのだろうか。

「鐘楼に上がってみたい。叱られないですよね」

階段を上がって行った内部ももちろん四角い部屋になっていて、霊異記の話では入り口から鬼が入ってくる。怖いなあ。いくら怪力の持ち主でも、真っ暗闇で鬼の髪をひっつかんで大捕物を演じながら、四隅の灯りに掛けられている覆いを片手で取ってまわり、いざ、鬼の顔を見たら……さて、どんな顔の鬼だったかは記されていない。

童話では赤鬼青鬼などが出てきて、金棒を持ったりしているけれど、髪の毛が長かったから、最後には頭の皮膚ごと引き毟《むし》ることができた。

「先生、この鐘楼で夜な夜な人間を殺していた鬼って、どんな姿だったのかな」

「……こんなもんよ」

川津先生がいきなり頭に二本の指を立てて、大口を開けた。

「きゃあ」

明日香は飛び退く。

「先生、場所をわきまえてください。だめですよそういう脅《おど》しかた」

「なんでや。鬼と人間の違いは紙一重や。あの菅原道真《すがわらのみちざね》さんも、いっときは雷神の親玉やった」

「え、だって天神さまでしょ」

「そうや。けど政争で都を追われた恨《うら》みで鬼の親玉になったんを、祟《たた》りが怖いて考えて天神さまに祀《まつ》った。鬼から学問の神さまに大変身させたんは、鬼への恐怖や。授業で怨霊《おんりよう》信仰と言霊《ことだま》信仰の話したの忘れたな」

「覚えてますよ。奈良町の家の近くにも御霊《ごりよう》神社があるし」

と取り繕《つくろ》うけれど、胸のどきどきは収まらない。先生の身体から突然鬼の気配が流れてきた。先生と二人きりで狭い鐘楼にいることと、急な気配は関係がありそうで、でも違うような気もして、明日香はちょっと息苦しくなる。赤いマフラーも鬼っぽくて意味ありげに見えてきた。なんか怖い。何が怖いか解らないからどんどん怖くなる。吊された鐘を見上げて、これそんなに古くないですよね、と言ってみたりする。

「霊異記の鐘つき堂にあった鐘ではないな。この寺も何度か火事に遭《お》うてるしな」

「そうですよね。火事に遭《あ》ったんですよね。飛鳥時代から千四百年ですからまあ、火事には遭いますよね。スプリンクラーとか無い時代ですし。鬼がウロウロしてた時代に、この鐘つき堂の四隅に灯明を置いたりしてるわけだし」

「この鐘楼じゃないぞ」

「もちろんです、こんな立派なものではなかったと思う」

と応えながら明日香の頭の中では、ある奇妙な反応が起きている。言霊信仰。言霊信仰というのは、今も日常的に誰もが実感している、というかこだわっている感覚で、つまり、「雨」という言葉を口にすると雨が降って来そうな気になる、だから雨に降られたくなければ、雨という言葉を口にしてはいけない。「死」と言えば誰かが死ぬことになりそうだから、そんな忌《い》まわしい言葉はチラと思い浮かべても、声になんか出してはいけない、そういうことの数々。言葉自体が霊能力を持っていて、言葉が現実を呼び起こすというか実現させてしまうので、ヤバイヤバイと、手で振り払い押しのけるしかないけれど……ああ、それでも近寄ってくる言葉があるのだ。

払い捨てる。捨てねば困ったことになる。目の前の川津先生が、怖い人になってしまいそうで……

「何やってるんだ」

「鬼を払ってるんです」

明日香は右手で大きく目の前の空気を払い続ける。ヘンな言霊が忍び寄ってこないように。

「先生、東大の医学部とかに入った頭の良い男の人が、なぜオウム真理教なんかに入ったのかって誰かが質問したら、偉い大学の先生が、身体を使わずに頭ばかり使うからだって説明してました」

「ん」

「何か解らんものが頭の中に忍び寄ってくるときは、アクション！　ですよね」

「……手を動かすのが、アクションなんか？」

「そうですよ、払ってるの……妖《あや》しい言霊、あっちへ行け！」

先生の顔が一瞬強張《こわば》り、次にお前阿呆《あほう》かと笑い出したので、その笑いで兆《きざ》しかけた言霊が消えた。やれやれ。よかった。

階段を下りて境内の白砂に立ったとき、馬鬼と蛇鬼と猿鬼、それにナメクジが現れた。三匹の鬼プラスナメクジか。

「先生、鐘つき堂は四角で四隅があるけど、三匹の鬼とナメクジいうんは、あまりに強弱の落差がありますよね。でも、仲良し四人組で、しかも鐘つき堂の四隅の灯りが問題になっている。三匹の鬼とナメクジを意識して、先生へのメッセージは書かれた」

　明日香の言葉を咀嚼《そしやく》しながら先生は、沈鬱《ちんうつ》な顔になった。

「……この鐘楼を体験すると、ヘンな気分になりますね。三という鬼の数字と四隅の四の数字が、どうもしっくりこない。先生、四方とか東西南北とか、四角い建物とか、四という数字は落ち着きが良いけど、三という数字は危なくないですか？」

「なんで危ないいんだ。四とか九よりよほど縁起が良いんと違うか？」

　ああ、また言霊襲来だ。四は死を連想し、九は苦しみに繋がる。駄目ですよ先生、と言いながらまた、手で身体の前の空気を払う。

「でも、ジャンケンはグーチョキパーで三つですよね、三人が原則」

「三竦《すく》み、三つ巴《どもえ》のシステムやな」

「勝ち負けは一対一ですが、三竦みだからスリルがある。スリルがあるから不安定で危ない」

「まあそうやな、どっしりと安定した三角の建物なんて無いな。音楽も四拍子より三拍子のワルツの方が動きがあって弾むしな」

西の門から外に出て振り返ると、鐘楼が格好良い。真っ直ぐ歩いて蘇我入鹿《そがのいるか》の首塚に来た。飛鳥寺は蘇我馬子《うまこ》が建てたと言われている。すぐ近くで孫の入鹿が大化改新《たいかのかいしん》で殺された。刎《は》ねられた首が、びゅんびゅん空を舞ったとか言われている。チョキで切られたパー。けれどパーは沢山のグーを押し潰した。グーは人間の首だ。グーチョキパー、グーチョキパー。明日香の手が動いてしまう。三拍子で次々に変化する。

「おまえ、何やってるんだ」

「……それがわからないんです……でも何かがあるんです、四人の中の三人、四角の中の三竦み」

先生はずっと怪訝《けげん》な顔つきだが、明日香は真剣だ。この飛鳥寺に来て初めて、身体で感じられるものがあった。それが何かはまだ解らないけれど、失踪した女生徒は、かなり深い意味を込めてあのメッセージを書いた。

「先生、中園真智はきっと先生宛てに書きこむことしか出来なかったんですよ」

「高畑、キツイこと言うなあ。やっぱり私に責任があるゆうことや。ゲーム感覚いうても、生死をかけた真剣なゲームもあるしな」

「ああ、先生が言霊を呼び寄せちゃった」

「何のことや」

「いま、生死をかけた真剣なゲームって言ったでしょう。自分たちでルールを決めて殺したり殺されたりするゲームやってたのかもしれない。三竦みゲーム、ジャンケンみたいな……ジャンケンは一対一のどっちが勝つかの勝負だけど、どっちが死ぬか、殺されるかの勝負でもありますよね……約束事だから、何やっても許されるとしたら、けっこう怖いですよ」

先生の横顔が引きつっている。

約束事といじめは密接な関係がある。たとえば先輩が後輩に教える目的なら何をしても良いとなれば、度の過ぎた暴行に及ぶし、施設で自閉症の少年を笑わす係りと決められた年上の子は、笑うまで頬をつねったという。それは昔からで、軍隊の古参兵が新入りの兵隊を鍛えると称して撲《なぐ》ることが認められていた。ルールがあれば何でも出来る。社会のルールというより、いじめの場合は当事者間の暗黙のルール。

「大人の知らないルールが、一番怖いんですよ」

先生、いよいよ暗い顔になった。

「家に戻ったら、ケイカイに相談してみます。世の中のこと、詳しいから」

「薬師寺の景戒《けいかい》にか？　千二百年昔の？」

「真っ黒い顔してるけど、アタマがメチャクチャ良いんです」

ケイカイがカラスだとは知らないので、先生、ますます沈鬱な顔になった。

飛鳥川に出て、明日香は背伸びをした。こんな明るい日曜日にも、どこかで人は死ぬのだろう。


戻りの電車は混んでいた。川津先生は駅まで送ってきてくれて、最後に運転席で明日香に言った。

「高畑と話して、ちょっとだけ気持ちが落ち着いたわ。その本、高畑の重荷になりそうやから、戻してもらおうか」

明日香はバッグから、図書番号が貼り付けてある重い本を取り出し、先生に返した。けれど上巻第三縁のページの様相は、書き込みも赤いラインもしっかりアタマに入っている。

つり革にぶら下がっていると、身体の揺れが意識を掻き混ぜ、何かを浮き上がらせようとする。沈んでいた先生の言葉だ。馬鬼でも蛇鬼でも猿鬼でもないし、ナメクジでもない。

目の前の席の本を読んでいた女性が立ち上がって出口に向かったとき、その女性の長い睫が印象的だった。つけまつげではなく、母親が最近電話のたびに勧めるエクステだろう。自前の睫に一本一本長い毛を付ける。

あんたは色気がないから、ちょっとでも目え大きう見せるために、エクステやってみたらええのに。

母親の目はエクステで西洋人形みたいになっているが、弛《ゆる》んでいく頬とのアンバランスには気付いていない。けれど明日香は反論しない。母親は化粧フリークで、それを仕事にしているのだから。

空いた席にそっと腰を下ろしたとき、気持ちの底から不意に現れたものがある。睫だ。仲良し四人組の一人は、睫の長い美少女だと先生は言った。いえそれは、生活指導の先生にかかってきた匿名の電話の中身だ。けれど四人でいつも飛鳥川を歩いていたとは伝えても、その一人が「睫の長い美少女」などと匿名電話で話すだろうか。それは、川津先生の主観であり実感なのではないか。

引っかかっていたことが次々に浮き上がってくる。仲良し四人組の名前なんて、少し調べれば簡単に判明するはずだ。それに先生は、中園真智をマッチンと呼んだ。中園真智は霊異記のページに、自分のことをマッチンと書いているが、教師が生徒をマッチンと呼ぶのは違和感がある。先生は明日香を呼ぶとき、高畑と呼び捨てにしたし、いまもそうだ。自分と同じ立場と間柄なら、真智に対しても、中園と呼ぶだろう。

先生は四人組の三匹の鬼について、特定できず困っていると言ったが、三人が誰であるか知っているのではないか。距離があるようなふりをしているけれど、中園とも他の三人とも、明日香に話した以上に近しい気がしてならない。

だとしたらなぜそれを言わなかったのだろう。

日本霊異記のページに自分の名前を書き込まれて途方にくれている様子だったけれど、そこにはそれなりの理由が隠されているのではないか。

明日香に湧き起こった不穏な気配は、川津先生への微妙な気持ちから来る嫉妬《しっと》のようでもあり、憧れていた先生から挑戦されているような昂《たか》ぶりもあり、鐘楼の中で先生がいきなり鬼のふりをしたときの、あの説明出来ない恐さもあり、明日香は息苦しさを深い呼吸で凌《しの》ぐしかなかった。

畳屋の繁さんは日曜は休業。日曜以外でもこのところ休業が目立つ。朝、自転車で出掛けるとき、チリンと鳴らすと、旧《ふる》い家のどこからか、おう、行ってらっしゃい、と声がするので、病気ではなさそうだ。

今日は自転車を置いて出掛けたので、ずっと家に居ると思っているだろう。川津先生は、日曜なのにデートは無いのかと案じてくれたけれど、繁さんははなから、そんなものは無いと踏んでいるのが悔しい。

家の前のクスノキに立てかけた自転車の荷台に、鳥の糞《ふん》が落ちている。ケイカイの仕業《しわざ》に違いない。家に居るのに自分の相手をしてくれないと怒っている。今日は朝から明日香村へ気持ちが飛んで、ケイカイにポップコーンをやるのも忘れていた。

「ケイカイ、そのあたりにいるんでしょ？　顔を出しなさい。うちだっていろいろ忙しいんだから。あんたはケケカカギャオギャオと鳴いてればネズミやモグラがびっくりして飛びだしてくるから、それでエサにありつけるけど、こっちは大変なんだから。若い女の失踪理由を探し出さなくっちゃならんの。浮き世の義理も個人的な感情もあるしね」

樹上のケイカイに話しかけた声が、ガラス戸越しに繁さんに届いたらしく、

「おう、また事件か」

戸が音を立てて引かれた。

「あれ、繁さん日曜なのに仕事してるん？」

「いや、朝刊読み返しとったら、外で事件の匂いがした。ワシに助けを求める声やった。殺しがあったんか？」

繁さんの目が光っている。新聞の社会面を隅から隅まで読むのは、解かれるべき謎を探しているのだ。謎が見つからないと、犯人が確定した事件でさえ疑い、これには裏の裏がある、などと言い出し、明日香が相手にしないと、想像力がない探偵は駄目だ、などと怒り出すのだ。

「助けなんて求めてませんよ。繁さんとは無縁な女子高生の話です。ほら、家に入らんと風邪ひくよ。ケイカイに声掛けてただけ」

「ふん、今日のケイカイは大人しかった。いつもはワシに攻撃的なんやけど」

それを聞いてまた、明日香は不思議な心地になる。繁さんは明日香に言いたい放題、で、明日香はケイカイを怒鳴ったり時には利用したりする。ケイカイは明日香には弱いが繁さんには大声で威嚇する。繁さんは愛情ゆえだとか言いながら明日香を叱咤するがケイカイにはやられっぱなしだ。明日香は年寄りの繁さんに反抗したりせず、一応顔を立てている。

「……この関係はジャンケンと同じ……三竦みの三つ巴や」

明日香の呟きを聞き終える前に、繁さんは家の中に入ってしまった。

繁さんと明日香とケイカイは、誰が一番強いのか。三竦みだから決められない。それぞれ弱い相手がいるけれど、まあ、三者は対等だと言えなくもない。

明日香は部屋に入り、パソコンを起動してメールをチェックした。通販の宣伝などが十件も入っている他には、母親のメールが一つだけ。

明日香、乳液のサンプル届いた？　届いたら返事ぐらいしなさいよ。

母親は新しい基礎化粧品が発売になると、女を何十歳も若返らせる魔法のような宣伝文句と一緒にサンプルを多量に送ってくる。今日から使いなさい、と書いてある。娘を実験台にしているのかと疑うけれど、母親は化粧品会社がぶちあげる効能を丸々信じているのだ。いったんは無視したけれど、乳液使ってます、何かお肌がすべすべしてきたみたい、と返信しておいた。

続きに、「三竦み」の意味を検索してみる。ジャンケンが例として出てくるのは当たり前だが、「狐《きつね》と庄屋と猟師《りょうし》」「ゾウと人とアリ」なんていうのもある。ゾウは人を押し潰し、人はアリを殺すが、ゾウはアリに集《たか》られるとどうにもならない。「炎と草と水」という自然の力関係もあるけれど、やはりイキモノの関係が弱者や強者をつくり、また逆にもなって面白い。

パソコンを切り、三匹の鬼の関係はどうなのだろうと考えた。馬鬼と蛇鬼と猿鬼。

馬は蛇を蹄《ひづめ》で踏みつける。蛇は馬のような蹄を持たない猿には強い。巻き付いて噛みつくことが出来る。そして……馬にとって猿はけっこう難儀な相手だろう、猿知恵があるし素早い身のこなしで背中に飛び乗られ、たてがみを摑まれれば簡単には振り払えない。

あ、ちゃんと三竦みの三つ巴になってる。

三つ巴になっているということは、三者はある意味対等なのだ。鬼に優劣や強弱は無しか。それに較べて、中園真智がなるといったナメクジはどうしようもない。最低の弱者で、馬にも蛇にも猿にも勝つ事ができない。

飛鳥寺の鐘つき堂の四隅は、三方向の三匹の鬼は三竦みとなり強いが、一隅だけはバランス悪く極端な弱者。そして中園真智はこう書いていた。

鐘つき堂の馬鬼と蛇鬼と猿鬼に殺される。川津先生、助けて！　もう駄目だよ。マッチンはナメクジになります。

ナメクジになるとは、どういう意味か。

明日香の脳裏に、ナメクジが這っている。それを取り除くために、一度切ったパソコンをもう一度起動した。湧いてきた疑問の言葉を、さらに検索してみよう。いまやあらゆる言霊は、パソコンの中で眠っているのだ。検索で辿り着けば、その瞬間にぬうっと起き上がり、明日香に摑みかかってくるかも知れない。

窓の外で、ケイカイがクククと鳴いた。この鳴き声はイエス、ゴーサインである。


三日後の夕方。

迷い抜いた末明日香は川津先生に覚悟のメールをした。

「先生、この前の日曜は、先生と飛鳥寺を探訪できて、とても楽しかったです。あれからいろんな動物がアタマの中を駆けめぐっています。鬼にされた馬や蛇や猿たちです。つまり、中園さんが殺されると怯えていた三人についてです。

そして先生、ある確信に辿り着きました。先生はその三人をご存じなのではありませんか？　まるで暗号みたいに鬼に譬《たと》えてありますが、霊異記のあのページを先生が読めば、三人が誰であるかが先生だけには判る、そう信じて中園さんは書き込んだ。違いますか？

私は先生が正直で真っ直ぐな人だと信じています。けれどいろんな理由で言い出せないこともあるでしょう。私は先生が辞めようとしている私立高校とは縁もゆかりもありませんので、私にだけは話してください。先生は中園さんが怯えていた三人の鬼をご存じですね。

もしどうしても知らない、ということでしたら、中園さんのクラス名簿、あるいは学内の生徒の名簿を調べて、飛鳥寺から北西、南西、北東、南東の方向に家がある生徒を絞り込んでください。でも、そんな手間をかける必要なんかありませんよね先生。私のパソコンのメルアドを書いておきます」

明日香は確信と書いたけれど、その一歩手前だった。先生は明日香を頼りにしていると言ったけれど、頼りに出来るかどうかを試している気もする。だから飛鳥寺からの四方向のことを書いてみた。鬼の存在と方位の関係に、明日香が辿り着けるかどうかを、先生は見ているのではないか。

最初は東西南北の四方がキーワードだと考えてググったけれど、その方向では探したいものが何も見つからず、そうか真四角の鐘つき堂の四隅は、北西と南西と北東と南東に向いていると気付いて、飛鳥寺からの方向線を引き直すのに、かなり手間がかかった。

四隅に置かれた灯りは、堂内を照らすためだけでなく、重大な真実の在りかを示していて、灯りの覆いを取るとは、その方向に在る真実をあきらかにする意味があるのではと気づいた。その瞬間、新たな方向線が浮かび上がってきたのだった。

次には地図との格闘が待っていた。そして発見したのだ。飛鳥寺から見て北東を除く三方向に、馬猿蛇の地名が見つかったときの驚きといったら。北東方面ももちろん探したけれど、三鬼に匹敵するような地名はなく、メスリ山古墳というカタカナの変な古墳が見つかっただけだった。

十分とは言えないけれど、これで川津先生と勝負だ。

どきどきして待つこと二日、ついに先生からパソコンに返事が来た。

「高畑、ちょっと驚いた。さすがに地理や地名が得意だったおまえらしいな。高畑が想像したとおり、中園真智が鬼と呼んだ他の三人を、私は知っている。この前は知らんふりをして悪かった。けどそれを言えば、もっと深い問題も隠しておれんようになるのが怖かった。口にすれば不吉なことが起きそうな気もした。言霊信仰やな。三人の名前を書くのはやめておこう。AとBとCではどうだ。Aの住所は馬見南《うまみみなみ》だ。Bは欽明《きんめい》天皇陵《りよう》の南西にあたる平田《ひらた》、あの奇妙な猿石の近くに住んでいる。そしてCだが、高畑はどう考えた？　蛇という地名が見つかったか？」

明日香は、先生からのメールを読んで、跳び上がって喜んだ。確信に近かったのが本物の確信に変わった瞬間だ。憧れの先生相手に、ブラフをかけて勝ったのだ。三人の名前など知る必要はない、AとBとCで充分。明日香はすぐに返信した。

「先生、Cは県道155号線に近いあたりに住んでいるのではありませんか。飛鳥寺に向かってくるりと身体を返し南東を望めば、そこから遠く竜門岳《りゅうもんがだけ》の頂きが見えるはずです。その近くには龍福寺《りゅうふくじ》があり、竜門岳の山岳地帯には龍在峠《りゅうざいとうげ》もあります。その方向には吉野との国境になる山々がそびえていて、先生、古代の人たちはこの山々に天から龍が下りてくると考えたのでしょう。龍は蛇なんですね、人間の及びもつかない力を発揮するのが龍であり蛇です。霊異記のあの縁を読み返しました。鬼退治の前段のお話は、この怪力男が頭に蛇を巻き付けて産まれてきます。神さんがこの人特別の人間やと、保証してるんです。そのことに気づいて、蛇のついた地名でなく、竜の地名を探してみました。すると見つかったんです、飛鳥寺のほぼ真っ直ぐ南東方向に。

これで三匹の鬼の住処が見つかりました。四番目の中園真智は、飛鳥寺から見て残りの方位、北東方向に住んでいませんか？　先生は中園真智が失踪する前から、彼女とABCをご存じだった。四人の関係を知っておられたわけですね」

そこまで書いて明日香の指が止まる。もしかして、という疑問が谷底から湧く雲のように膨らんできた。

「そして先生……先生は最初、この四人のゲーム開始に関わっておられた。先生でなくては、どうして飛鳥時代の方位に気付くでしょう。仲良しグループが飛鳥寺から見て、正確な四方位上に住んでいるなんてこと、女生徒たちが気付くはずがありません。

橿原市の私立高校であれば、古い地名や説話に関心がある生徒も多いと思いますが、あるとき天の暗示のように、自分たちの住所に、古代からの意味があると気付いたとしたら……気付かせたのはきっと先生です。そのとき先生は溜息まじりに言ったのではないですか？　ロマンやなあ……って。私、先生のその声と顔が目に浮かぶんです。けれど先生にとってはロマンで済んだのに、女子生徒たちがロマンだけで済ませることが出来たかどうか。

最近のコミック、先生読まれてますか？　陰陽師《おんみようじ》、祈禱《きとう》、呪いなどを本気で信じて、実際に行動している若い人たちの多いことといったら……ブログやツイッターに溢れていますよ。それはもう、ロマンなんてのんびりしたことではなく、生死を分けるほど切実な行動なんです。

先生にとってのロマンが、先生に隠れたかたちで生徒たちのあいだで盛り上がり、三竦みの役割が実行されていたとしたら……馬は蛇を踏みつけても良い、蛇は猿を締め付けても良くて、猿は馬のたてがみを引き千切ることも出来る……そんなゲームが生まれていたとしたら……いえ、それが自分の役目であり存在価値でもあるとしたら……女生徒たちにとってそれはいじめなどではなく、遊びでもなく、むしろ必死な、日々の暴力だった可能性もあります……安倍晴明《あべのせいめい》が仁和寺《にんなじ》で、公家たちを前に手を触れずにカエルを潰して見せたのは、自分の存在を認めさせるためでした。カエルこそ良い迷惑。ゲーム感覚で始まったものでも、逃げ出せない真剣勝負になっていくことも多いでしょうし。

もしこの役割関係から逃げ出そうとすれば、仲間から酷《ひど》い仕打ちを受けるだけでなく、怨霊の祟《たた》りが降りかかる。誰か一人の暴走者がいて、暴力を強いているわけではなく、お互いに自分の存在価値をかけて馬や蛇や猿になっているのですから怖いです。たとえ実際の暴力はなくても、祟られ呪い殺されるという自分たちのルールに縛《しば》られているとしたら……三匹の鬼から逃れる方法はないです。

その恐さに先生が気付いたときはもう手に負えなくて、大人たちの目からも巧妙に隠されてしまっていたとしたら……

先生はきっと、責任を感じておられるはずです。そしてそれが、残る中園真智の失踪に関わっているとしたら尚更《なおさら》です。

全く見当違いかも知れません。でも中園真智は、三人の鬼に優劣を付けていないのです。平等に恐れている。先生にだけ判るように告発するのであれば、平等に記すのはヘンです。ふつう、一番悪い親玉を特定するのではありませんか？

三竦みだから親玉が居ないのではないか……これが高畑明日香の想像です」

読み返して、エイヤッと送信した。

実は恐ろしくてメールに書けなかったことがある。飛鳥寺から見た三方向、つまり北西、南西、南東は、それぞれ馬猿蛇に守られていた。しかし中園真智の方位、北東には守護してくれるものが何もない。馬猿蛇は三竦みで牽制《けんせい》しあったが、彼女は何も頼りになるものがなかった。四人がせめぎ合う中で、それはきっと死ぬほどの恐怖だったのではないだろうか。

しばらく待っていたけれど反応が無いので、ケイカイにポップコーンをやるために井戸のところまで来ると、井戸の裏側の湿って苔《こけ》が生えているところに何匹ものナメクジが這っていた。

ああ、ナメクジだ。中園真智は自分はナメクジになると書いていた。日陰に隠れて、目立たぬように暮らす、つまりどこかに失踪するという意味なのだろう。

井戸を覆う石の上にポップコーンを撒《ま》いた。すると頭上から羽音が舞い降りてきて、石の上に止まった。

「ケイカイ、今日は美味しいものにありつけた？　チョコ味のポップコーンは好みじゃないけど、今日はこれしか無いの。食べる？　それともそのあたりに、沢山ナメクジがいるよ。土の中から這い出してきたみたい。ナメクジやっつけても良いよ」

ケイカイは明日香の言葉を理解して、ナメクジの一匹を嘴《くちばし》でつまみ、一度呑み込んだけれどすぐに吐き出した。

「やっぱりポップコーンの方が美味しいのか。あんたももう、カラスとしては堕落《だらく》だね。そのうちニワトリだったらササミが良いとか、カエルだったらアルザス産のグルヌイユでないと満足出来ない、なんてグルメガラスになるのかもね」

ギャギャギャと、潰れたような抗議の声で応じる。明日香の言い方が気に入らないだけでなく、何か言いたげだ。

その声で夕刊を片手に、繁さんが出てきた。

「何騒いでるんや」

ケイカイは一応井戸の蓋石《ふたいし》から飛び降りたものの、すぐに戻ってきて繁さんに鋭く鳴いて攻撃姿勢をとった。

「ケイカイがね、日本のカラスらしくもなく、洋風食材しか食べなくなったら、うちはもう面倒見れんて、言いきかせてたんよ。ネズミやナメクジはイヤで、イギリス産ウサギとかフランス産カエルとか贅沢《ぜいたく》言いだしても……ポップコーン以上のものはあげないからね」

「はあ、そういう喧嘩《けんか》かい、何か面白い事件でも起きたんかと期待して出てきたのに。

あのな、カエルはフランスだけやないぞ。日本でも食べとった。明日香ちゃんもケイカイも教養が足りんから知らんやろうが、メスリナマス言うてな、メスリっていうのは、カエルのことや。カエルは目え擦《こす》るからメスリになった。茹《ゆ》でて皮をむいて、ナマスにして食べたんが日本の昔の食生活や。こらケイカイ、日本にも美味いカエルはおるんやぞ。ポップコーンなんぞ貰わず、エサぐらい自分で探せ」

いつも鳴き声で迷惑している繁さんは、言うだけ言うと、夕刊をバタバタさせながら戻っていった。

メスリ。最近どこかで、その文字を目にした。

明日香のアタマの地図に、小さな点がともる。空はもう、赤から紫に変わっている。

川津先生からは何の返信もない。電話もかかってこず、明日香は拍子抜けだ。けれどもし、見当違いの想像であれば、空想癖では物事解決せず、とか、ネットやり過ぎ、などの一行メールが入るはずだ。忙しくても、その程度の対応はしてくれると思うが、一切反応が無いのは、もしやどんぴしゃりの可能性が出てきた。

明日香が送ったメールどおりだったら、先生はどんな気持ちだろう。明日香の想像力に一目置いてくれているのだろうか、それとも隠しておきたいことを暴かれて不愉快なのだろうか。

そしてさらに二日が経って、先生からようやくメールが来た。

「高畑、ＡＢＣの関係と中園真智が〝殺される〟と書いてきたことはおまえの想像が当たっている気がする。三人は許された相手だけに好き勝手にふるまうことが出来る……当人たちはそれを暴力とかいじめとは考えてないやろうし、役割ごっこいうんか、仲間意識の確認やったかもしれん。一種の呪術に縛られたみたいなもんや。そうなると余計外側からは見えん。加害者と被害者が同じわけやしな。

返事が遅れたんは、三人に個別に会《お》うていたからや。

最初のころは十人程度の、飛鳥時代の因習をさぐるプライベートなグループやった。遺跡をめぐったりその種の本を読んだり、ときには弁当持ってあっちこっちに出掛けたりして楽しんでいた。私自身の趣味も兼ねてたんや。

それがいつしか四人になっていた。ＡＢＣと中園真智だ。四の数字は東西南北、四季に四天王と数え上げるまでもなく、高畑もその安定性は知っているはずだ。その人数に集約していく間、落ちこぼれていったのもいるだろうし、自分が残るために、他の人間を排除したかもしれん。私はそのあたり、鈍感だったと反省している。

しかもその四人の住まいは方位としても見事にバランスが良かった。いや実際には、方位を基準に十人から四人に淘汰《とうた》が起きたんや。他のものは排除されたんやと、あとになって気がついた。

みな無邪気に、自分は馬だ、蛇だ、猿だと言い合って面白がっていた。

彼女たちは動物の精霊が飛鳥時代の空を席巻《せっけん》していたことを知っている、というか私が教えた。妖術呪術、病や占いについても、四人は楽しみながら盛り上がっていたんで、それなりの絆で結ばれ仲間になったんやと思い、そのときは深くは考えんかった。

甘かった。あのとき私にもっと想像力があれば、強引に四人を引き離せたかもしれん。

馬蛇猿の三竦みは成立したらしいが、一人余った。三人は拮抗《きっこう》する強さを持っていたが、中園真智は遠慮がちでノリが悪く、思うことを上手く言えん。行動力も判断力も三人より落ちる。三方向にはそれぞれの動物の霊が力をはたらかしてバリアを作っているが、中園が住んでいる北東方向の浅古《あさご》という地域には、そのような動物の霊力はない。

いや、そのように考えたんは私ではなく四人の生徒や。気弱な一人の生徒を、本人も含めて全員が地霊の弱さだと見なしたのかもしれん。未熟な少女たちの思い込みは怖い。しかも思い込んだら強靭《きょうじん》や。

バランス上、私が彼女をサポートするようになった。思ったことを言い淀《よど》んでいるのを見て、思わず私が口を挟んだりもした。

けどそれがかえってまずかった。あるときからなぜか、私自身も中園真智と一緒に、排斥されるようになった。私は教師で一応指導者や。排斥の意味がわからんやろうが、要するに煙たがられ、無視され、何を言うても言葉が素通りする。月に一度、休日に古墳を探訪していたのだが、私の呼びかけは空振りになったし、『地図を遊ぼう会』などと呼んでいた野歩きも、行ってみると誰も来ていない。

サークルと呼べるほどの人数でもないし、ただの仲間やったから、これは自然消滅だ。受験勉強に忙しくなったんやろうくらいに考えていた。

しかし事実はもっと深刻だったみたいや。私は教師だから疎《うと》まれただけだが、中園に対してはもっと攻撃的だったらしい。三竦みだった三人の力が中園一人に向かえば、弱い中園は鬼に殺されると思う。中園は逃げ出すしかなかった。

三人に個別に会《お》うたと書いたが、それぞれ真剣に物事を考える子たちで、ボス的な存在はおらん。けど最初のころと較べると何か荒《すさ》んだ顔つきになっていた。長い髪を自慢していた睫美人は、髪の毛を坊主に近いほど刈り込んでいたし、首の奥の小さな入れ墨《ずみ》を見せてくれた子の説明では、入れ墨は蛇の舌だそうだ。別の子は鼻にピアスをしていた。なぜそんなところにと訊けば、自分は馬だから馬らしく鼻に穴を開けたのだと言う。半ば強制されてのことだろう。私に対してもぞんざいにふてぶてしくなった。別れ際に、東京へ行っても元気でね、とまるでからかう口調で言うので、思わずかっとなって怒鳴りそうになった。

高畑、これがここ数日の真実だ。教師としては失格だな。あるところから、私の手ではどうにもならん暴走になった。

中園の行方はまだわからんし、連絡もない。連絡してくるとすれば私のところやと思う。ナメクジのようにどこかこの世の片隅に蹲《うずくま》っているのかもしれん。

高畑の推理は大したもんだ。最初からすべてを話そうかと思うたが、前のメールに書いたとおり恐ろしかった。私が悩んで恐れていることを高畑にあかせば、何か取り返しがつかん事が起きそうな気がした。私にあの四人を批難する資格はない。私も縛られとったんや。本当のこと言うと、書き込みなんて何でもないですよ、という高畑の声を聞きたかった。いろいろ、すまんかったな」

最後に、ケロちゃんこと川津明人とある。

読み終えた明日香は、古いソファに身体を投げ出した。夜が襲いかかってくる。ケロちゃん弱すぎ。ダメすぎ。女生徒のこと知らなすぎ。ちょっとかいかぶってたのかもしれん。それとも私が、大人になったのかな。

ゆっくり起き上がると、先生からのメールが入ったWindows mailを閉じ、検索ページへと飛んだ。

先生は何もわかっていない。先生が知らないことが沢山ある。それを確かめなくてはならない。棚の上のかび臭い本のページも捲《めく》り直そう。

ケイカイはクスノキのどこかで眠りについているだろう。けれどあのカラス、大事なところで大事なことを教えてくれた。ナメクジをつまみ、吐き出して見せたのにも意味があるのだ。そうだよねケイカイ。世の中に偶然なんてないんだよね。すべては見えない糸に操られているだけなんだもの。

「ケロちゃんこと、川津先生へ。

つくづく、ケロちゃん先生のファンで弟子だったこと、有り難く思ってます。うちはもう、先生に面白い古代史の話を聞くことはできませんけど、おかげで、言葉とか地名からいろんなこと連想する力を貰った思っています。力いうんとも違いますよね、楽しむことが出来るいうんですかね。

飛鳥の人たちが方位にこだわったのを知らんと、お寺の建物の面白さも解らんと思うし、三匹の獣鬼が、方位や地名と関係してることも気い付かんかったと思います。日本中の地名に動物の名前が付けられてるんも、後の時代の当て字はあるけど、それぞれに歴史があるのを教えてくれたのは、ケロちゃん先生やった。ありがとうございます。

けどどうしても説明できん地名もあります。地名には来《こ》し方があるはずなのに、たとえばメスリ山古墳のメスリが何なのか。ネット引いても出とらんし、橿原市のお隣の、メスリ山古墳がある桜井市に問い合わせても解らんと言われた。先生ならまず渡来の言葉を想像しますよね。日本語としては意味が無くても、渡来語としての意味なら在るんじゃないかって……けどそれも見つからなかった。

なんでそんなにメスリ山の名前が気になったかいうたら、中園真智の家がある浅古のすぐ傍《そば》にある古墳だからです。しかも飛鳥寺から見てほぼぴったり北東。そのライン上には、先生も書いておられたように動物の地名はない。つまり獣霊の力ははたらいてくれない。

霊異記の中で、怪力童子にアタマの毛をむしられて遁走《とんそう》した鬼は、この空白地帯、北東方面に逃げていったんと違いますかね。

けれどうちの友人のケイカイ（というても実はカラスです）が、いろいろヒントを出してくれました。ケイカイに乗せられて繁さん（こちらは人間）が、メスリの意味を教えてくれたんです。

メスリいうんは、目を擦る仕草からカエルのことだったんですね。凄い昔の言い方やそうです。

それで一気に、ばあっと謎が解けたんです。三人は蛇馬猿ですから、蛙なんてどうしようもない弱い相手です。あるとき三人の誰かが、中園真智の方位霊が蛙だと知ってしまった。おまけに中園の味方をするケロちゃんは、カワヅ先生。ケロちゃんが中園真智の味方する理由も彼女たちには理解できた。先生がそれまでの尊敬を無くしてしまったのも、きっとそのせいです。

四人の中の一人は、潰してしまっても構わない相手になった。三竦みの力学が、一気に弱い一人に向かった。実際の暴力がどうだったかより、中園は精神的に耐えがたい恐怖を覚えたでしょう。

先生、もう一つ先生が気付いておられないことがあります。いえ、もしかしたら気付いておられるけど怖くてメールにも書けないのかもしれない。

それはナメクジです。中園真智が自分はナメクジになると書いたことです。

ナメクジは日陰で目立たず生きるいう意味ではないと思います。むしろ逆です。大逆転で自分を呑み込んだ相手をやっつける意味。ただし、自分の身を挺《てい》して、命をかけてです。

三竦みにはいろんなかたちがありますが、蛇と蛙とナメクジの三者のこと、ご存じですか？　蛇は蛙を呑み、蛙はナメクジを食べる。でも最後はナメクジの勝ちなんです。ナメクジを食べた蛙はナメクジの成分によって身体が溶けてしまう。その蛙を食べた蛇も溶けてしまう。自分も喰われて溶けてしまうけれど、ナメクジに出来る復讐は、自分が喰われることで強い連中を死に追いやり、最後にはナメクジも蛇に勝てるというわけです。

中園真智は死ぬ覚悟をしてるんじゃありませんか。そのときは先生だけにわかる書き込みではなく、ちゃんと遺書に記すことで三匹の鬼をやっつけるつもりなんです。

先生、早く彼女の居所を見つけてあげてください。死んでしまっては、どんな告発も役には立ちません。それを阻止出来るのは、たぶん先生だけです。先生も中園真智も弱っちいけど、同じ蛙仲間なんですからね。

高畑明日香」

結局返事は来なかった。

川津先生とはそれきりになったけれど、ひとつ季節が移り春めいた朝、差出人のない、イラストだけのハガキが薬師寺に届いた。消印は東京だ。

イラストには大小二匹の蛙が描かれている。二匹の胸のところに、それぞれ小さなハートマークがあった。二匹の蛙は生きてます、という意味だろうか。それとも別の良くあるサインか。

明日香は失恋みたいな寂しさと安堵の両方で、やるせなく両目をこすった。

これってメスリや。うちも蛙になってしもうたんかな。

# 率《いさ》川《がわ》神社の易者

三条通の本屋から出たところで、突然の花の香り、明日香はその香りのせいで、買ったばかりの本を取り落としそうになった。空のどこかには、梅雨の湿った空気の上から覆い被さってくる太陽があるらしい。たちまち汗ばんでくる。

またしても「キケンな地名ハンドブック」なんて本を買ってしまった。読んで幸せになる本ではないし、自分の家がキケンな土地に建っていると知っても、簡単に引っ越すことなど出来ないのに。

それに今日は、本を買うために来たわけではなく、ミステリー作家のサイン会が目的だった。でもサイン会は来週だった。曜日だけ見て、ああ今度の日曜ならお休みだから行ける、と思ってしまったのだ。なんてマヌケな。

本を抱え直し深呼吸の続きに溜息をつくと、肺に入り込んだ花の香りが、ちょっとばかり後悔を薄めてくれる。

書店の本棚にこの種の本を見つけると、真っ先に手が伸びてしまうのだから仕方ない。世の中の人に地名の真実を伝える使命感のようなものが、むくむくとアタマをもたげてくるのだ。

いえいえそれはウソ、使命感なんてそんな格好良いものではなく、怨霊や危険が棲み着いていることを自分だけが知っていると思えば、ワクワクドキドキ感が地名から立ち上がってきて、たまらなく怖くて興奮する。自分だけ、というのが嬉しく誇らしいので、他の人に同じ本を買って欲しくない、怨霊や恐怖を独り占めしたい、それが本音。

けれど地名の情報とりわけ「キケンな」となると、傾斜地や崖崩れ、津波にやられた土地と大体相場が決まっていて、なかなか怨霊や魔界情報には巡り会わない。そのままだと縁起が悪いので、大抵はキレイな名称に言い換えてある地名の、本来の由来を説明する本が多い。

サクラは狭い谷間で地滑りが起きやすい意味の「狭」で、モミジは「揉む」と「地」で山津波などの災害が起きやすい土地、クルミは水で削る意味の「刳《く》る」。

そんな植物の地名の由来が記されている本を見ていると、やっぱりこれは自分が持っていなくてはならない気がしてくる。

果物や花の美しさに寄せて改名しても、土地の性質は変わらないのに、と思いながら、アスカという自分の名前のページを捲《めく》ると、なんと、ア・スカやアス・カは、川の州のほとり、という意味だとある。アスカのスは州なんだって。やっぱりわたしの名前も「キケン」なんじゃないの。

けれど別の本には、イスカという縁起の良い瑞鳥《みずどり》の枕詞《まくらことば》が「飛ぶ鳥の」だったところから、アスカになったのだと書いてあった。どっちが本当だろう。縁起の良い瑞鳥か、危険な川の州か。

だから両方必要なんです、早く買ってよ、と本がささやいた。わかりましたよ、ちょっと高いけど、買いますよ。

明日香のお財布から千円札が二枚出ていき、お釣りがちょっとだけ戻ってきた。

そして日本中のキケンな地名を抱えて外に出たところで、花の香りにぶつかってしまったのだ。

不意打ちをくらってくらくらする。そして次の瞬間、そうだ、あれだと、胸の底から記憶が膨らみ弾けた。今日は六月十六日、率川《いさがわ》神社のゆりまつりの前日。この花の香りは、全部ゆりなのだ。

けれどもう、行列は通過してしまったらしい。走って追いかけるより、早回りして率川神社へ行けば、ゆりの花を山のように飾った花車や傘、手に花を持つ人々の行列の到着に間に合うかもしれない。

率川神社は明日香が育った奈良町からも近く、子供のころ母やお祖父ちゃんと一緒に、光明院町《こうみょういんちょう》の角まで、笹ゆり奉献の行列を見に行ったものだ。

奈良はお寺が山ほどあり、それぞれに行事があるけれど、明日香が一番好きなのは、このゆりまつりだった。何しろ、お線香ではなく花の香りが溢れるお祭りなんて、滅多にあるものではない。たしか、神武《じんむ》天皇のお后《きさき》さまの何とか姫に、大量のゆりの花が奉納されるおまつりだ。

急ぎ足で率川神社まで来ると、もうそこは人だかりで、すでに笹ゆりを酒樽《さかだる》に飾ったメインの花車は境内に入ってしまったあとだった。けれど浴衣に編み笠《がさ》姿の女性たちが手に手にゆりを持ち、行列が崩れても、あたりに香りを撒《ま》き散らしている。行列に加わった子ども達も、自分の顔ほどの大きさのゆりを抱えている。

明日香の背中が軽く叩かれた。振り向くと見知らぬ若い男が涼やかに笑っていた。

「薬師寺の人でしょう?」

「は?」

「やっぱりそうだ」

「はい」

「先月、三蔵法師のお祭りのとき、あなた行列の前方で転んだでしょう」

男の言っている意味を考える前に、笑顔に圧倒されて黙った。清潔感があり、人が良さそうで、鼻筋も通って頬や目尻が明るくて、つまり一瞬で好感の持てる顔だった。男の人のこれほど晴れやかな笑みに、たち塞《ふさ》がれたことが無かった。男の笑顔は、明日香の顔の五十センチ前で無邪気に弾けている。その五十センチが、後ろから人に押されて三十センチになった。

身体がぶつかりそうになり、思わず避《よ》けたものの男の腕が明日香の肩に触れる。わるびれるでもなく、謝るでもなく、笑顔は続いていて、昔なじみの懐かしい知り合いに出会ったような様子。

顔に血が駆け上る。三蔵法師のお祭りとは、あのことだと思い出したからだ。ゴールデンウィークの玄奘三蔵会《げんじようさんぞうえ》大祭《たいさい》のとき、弥生さんに頼まれて伎楽《ぎがく》隊の行列の前で人垣をかき分け整理しているときだった。薬師寺の制服の腕をまくり上げ、そこ危険ですよ！　と叫んだとたん、玉砂利に足を取られて、仰向きに思い切り転んだ。もともと大きな声を出すのが苦手なのに、それでは見物客をさばけないと言われて、これ以上は出ないほどの大声で叫んだ拍子の出来事だったので、お尻を打ちつけた痛みより、自分の声に笑いが加わって全身に雨あられのごとく降って来た恥ずかしさ情けなさといったら。

誰かが手を引いて起こしてくれたとき、もう地面に潜り込みたい気分だった。

そのとき耳にしたのは、そこ危険ですよ、という明日香の声を真似る笑いと、その声に反応するざわめき。あとから考えれば冷笑でも嘲笑でもなく、善男善女の労《いたわ》りや励ましも含まれていた気もするけれど。

さらに悲劇は重なり、知らん顔で通り過ぎてくれれば良いのに、三蔵法師に続く赤い異様なお面が走り寄ってきて、お面の下から、大丈夫ですか？　と声を掛けてきたこと。天竺《てんじく》への三蔵法師の旅を再現し奉納する伎楽隊には、猛獣や菩薩の化身《けしん》や、色香で法師を誘惑する女などが、それぞれ独特の衣装と仮面を身につけて行列に加わっていた。赤い異様なお面は、猛獣か獅子《しし》か判らないけれど三蔵法師の旅の邪魔をする役で、これでもう一度笑いが起きた。

「あれ、見てたんですか？」

目の前の男に好感を持ってしまったので、明日香の声は頼りなく尻すぼりになってしまった。

「走っていって、声を掛けたの僕です。覚えておられないでしょうが」

「まさか、赤いお面の」

「そうですそうです、覚えてもらってましたか」

忘れるものか。あれで明日香の失敗が最高のエンタメになったのだ。

「あのとき、怪我しませんでしたか」

「大丈夫でした」

まだ尾てい骨のあたりに青あざが残っている。

「……花車、もう入っちゃいましたね」

「よかったら、お茶、しませんか」

いきなりの誘いに、明日香は動転する。同僚の弥生さんにお茶にしようと言われるのとはワケが違う。詰め所で大きな薬缶《やかん》からほうじ茶を頂くのとは、お茶の意味が別。

「あの、はい」

返事は一種類しかない。ええ、とか、そうですね、などと洒落《しゃれ》た答えは出てこない。まして、いえ、という拒絶はあり得ない。ゆりのお祭りだから、こういうことも起きる。何の理由にもなっていない。問答無用なのだから、問答しなくても良い。はい、お茶ですね。

「ちょっとそこの角で待っててください。駐車場から車出して来ますから」

お茶するところは、三条通のカフェでも奈良町の古民家改造喫茶店でもなく、車で行くもっと遠くらしい。

ためらう間も無く、いや多少ためらいながらだが、言われた場所に突っ立っていると、やってきた車は屋根がない銀色のスポーツカーだった。

車が格好いいから乗ったわけではない。悪いことする男は、こんな目立つ車には乗らないだろうと思ったから。

やすらぎの道から佐保川《さほがわ》に出て、川沿いに東へ。ムードとしてはハワイとかカリフォルニアの映画みたいだが、周囲の景色はどこまで行っても奈良だ。佐保川から離れて369号線に入り、また北東へと向かうとふたたび佐保川に出た。

「どこに行くのですか？」

こっそりケータイを取り出し、運転席からは見えない助手席の左側で握りしめた。けれどさほど危険を感じない。いや少し危険だが、もし取っ組み合いになっても、腕力では負けない気がする。根拠はない。ハンドルを握る指も白くて細そうだし、ゆりまつりに来た男だし。

「僕、悪い男に見えますか？」

「いえ、見えませんが、悪い人なのですか？」

「イワシマスグルと言います。岩の島に優秀の優でスグルです。優れものの優る。住所は、この佐保川を下って行って菩提川《ぼだいがわ》と合流したあたりに住んでます」

「あ、恋の窪《くぼ》」

と言ったあと照れる。

「もうちょっと南」

「わたしは薬師寺の高畑明日香と言います」

「知ってます、何度も見てます。ユニフォームに名前が書いてあるし……いま、すごく警戒してませんか？」

「してますよ、当たり前です、見知らぬ人の車に乗ったんですから」

「僕は、見知ってます」

「わたしは見知ってません。それに、これって、映画みたいだと思います。天井の無い車だし、映画だと、金髪女性が長いスカーフとかをひらひらさせて……岩島さんは天井の無い車が好きなんですか？」

「そうなんです。こういうの、オープンカーって言うんです」

「知ってます。ちょっと忘れただけです。オープンカーです。誘拐《ゆうかい》には向いてないです」

「誘拐」

「目立つでしょ？」

「確かに目立ちますね」

「身代金目的ですか？」

「どこに身代金を要求すれば良いのですか」

「我が家は駄目です。薬師寺だと、ちょっとは出してくれます」

「ちょっととは、いくらぐらいですか」

「わたし、非正規なので、十万円ぐらいなら仏さまの御心で、何とかなると思います。他には畳屋の繁さんが六千円、名古屋の母親はお金出さずに警察に行きます」

「誘拐に向いてないことは判りました」

「ホラー映画だと、ぴったり来ます。オープンカーでこれが青春！　って感じで始まって、途中で森の中に入って行くんです」

「森の中って、どの森ですか」

「そうですね、佐保川をずっと上っていくと、山も森もあります」

「行ってみますか」

「いやです、まだ殺されるには早すぎます」

「膝《ひざ》の上の本、ミステリーですか？」

明日香は紙袋ごと抱きしめる。この本を見られてはならない。若い女性が買う本ではない。「キケンな地名ハンドブック」そんな本を抱え込む女性なんて、どう考えてもオープンカーには相応しくない。

「ミステリーではありませんけど、ミステリーとも言えます」

「人が殺されますか」

「はい、殺されます。これまで沢山、殺されました」

地滑り、水害、津波。

「……怨霊も活躍します」

この本では怨霊は活躍しないけれど、沢山の人間が災害で死んだなら、中には怨霊になる死者もいるに違いない。全く無縁な本でもないはずだ。

「この車のナンバー、教えときましょうか」

「どうして？」

「何かあったら、車のナンバーから足が付きますから、ケータイで友達にナンバーを送っておいたら、すぐに犯人捕まりますよ」

「犯人」

「殺人事件だと、謎解きが必要で、最近はケータイから犯人を突き止めたりします」

「……それと、街中の防犯カメラ」

岩島さんが左右を見る。

「……こんな田舎道には、防犯カメラは無いんと違いますか？」

「でも、スピード違反の取り締まりのカメラはありますよ」

「それ、気をつけよう……実は後ろから追跡されているのです」

「本当ですか」

明日香は助手席から身体を捻《ひね》って後方を見た。宅配便の青い軽自動車が追い越していった。オープンカーが宅配便の軽自動車に追い抜かれるのは、何となくうれしい。この人、オープンカーに乗ってる金持ちのボンボン、という先入観から、外れている男かもしれない。明日香の先入観では、オープンカーの助手席にはモデルみたいな女しか乗せなくて、助手席に乗った女はみな自分のモノになると男は信じている。オープンカー＝自信過剰で単純な男。けれど畳屋の繁さんならきっとこう言うだろう、自分に自信がないから、車を見せびらかすんや。

どっちにしても、良いイメージは無いのに、そのイメージが壊れそうなのは、人なつこい笑顔のせいか。出会いの場所も影響している。率川神社には、縁結びだか家庭円満だかの神様がおられたはずだ。

３６９号線をどんどん東に走り、中《なか》ノ川町《かわちょう》というところに来た。お茶するお店も見あたらない。

すると岩島さん、バックミラーをちらと確かめて、右折した。すぐに小さな川を越えたようだ。

「……お茶するんでしょ？」

「そうです、お茶する場所、探してるンです。咽《のど》、渇きましたか？」

「まあ、そうですね、渇きました」

「もうちょっと待ってください、川の神様がいろいろ教えてくれますから」

「川の神様って」

「率川ですよね」

「ゆりまつりの神社？　それが何か」

「率川の源流まで行ってみませんか」

道は狭くなって、山のふところに入りこむ感じだ。

「率川の源流が、こっちにあるのですか？　さっき見たのは、佐保川だと思いますけど」

率川は今も確かに在る。春日大社《かすがたいしゃ》の奥の院の、何とか神社のあたりが源流とされているのでは無かったかしら。今は猿沢《さるさわ》の池から恋の窪付近まで流れてきているはずだが。

「佐保川に流れ込む小さな川が、その昔は率川と呼ばれていたと聞きました」

本当かな。明日香は知識が無いので反論できない。でも問題は、どうしてオープンカーの単純男が、率川の源流を目指すのかだ。

「岩島さん、率川神社の研究なんかしておられるのですか？」

「いえ、研究なんてそんなスゴイことしてません。ただ、いろんなことには理由があって、原因もあって、そこに存在しているものはすべて分子とか原子で出来ているわけで、分子とか原子とかについて、知りたいと思うわけですよ」

明日香を馬鹿にしているのだろうか。そうは見えない。ということは、余計まずいのではないか。分子や原子の話題について行けないのもまずいけれど、女性をオープンカーの助手席に乗せて、分子や原子の話をする男は、かなり危険な気がする。

「岩島さんは、理系？」

とりあえず、もう少し訊ねてみよう。動いている車から飛び降りるわけにもいかないわけだし。

「理系かなあ……でも、ようやくケータイメール覚えたばかりで、パソコンは怖ろしくて、キーボード恐怖症なんです」

この人いま、何て言ったのかと、明日香はその横顔を見た。真面目な横顔だ。キーボード恐怖症と、確かに言った。どう見ても二十代、母親の世代だって、パソコンを使う。明日香は平静を装《よそお》い、さらに追究する。

「岩島さん、いまいくつですか？」

「大学四年」

ということは、明日香と同じ歳だ。

「……キーボードは嚙みついたりしませんよ。検索とかメールとかも、駄目なのですか」

「駄目です。一度は試してみたんですが、相性が悪いのか、酷い目に遭いました。ヤフーのトップページに、無料の占いがあったので、生年月日と名前を入れてクリックしてみました。すると全部バレてたのです」

「何がですか」

「僕の性格とか、朝食べたものだとか、おまけにその日の午後、大金が転がり込むと」

「転がり込んだのですか」

「転がり込みました。それで、この車を買いました」

からかっているのかと、明日香は憮然《ぶぜん》となる。

「だったら、占いが当たって良かったじゃないですか」

「でもそういうの、怖くないですか？　この次に、親が死ぬとか、両足切断の交通事故に遭うとか出ていたら、きっとその通りになります。どうやって生きて行けばいいのか……それ以来二度とキーボードに触ることが出来なくなりました」

どんな風に大金が転がり込んできたのかを、是非聞きたいけれど、あまりに真剣で、悲痛な横顔なので、明日香は声を呑み込んだ。

ヘンな人が居るものだ。けれど邪悪な印象は全くなくて、一所懸命に説明している。まるで昨夜の悪夢を語るような必死さで。

「……ケータイなら、大丈夫なんですか？」

「はい、ケータイメールは親指だけですから」

ケータイでも、占いは出来る。でもそれは言わないでおこう。

「今日は、笹ゆり奉献を見物するために、率川神社へ？　もしかして明日の三枝祭《さいくさのまつり》にも？」

「いえ、明日は授業です」

明日香は今日、たまたまローテーションで休日だった。岩島さんも、今日は予定がなかったのだろう。

道は狭くなってきた。喫茶店がありそうな気配などない。

竹林を回り込んだときだ、岩島さんがブレーキをかけると、後ろから灰色の車が不意に現れ、慌てて停まった。危ない。こんな見通しの悪い角を、曲がった直後に急停車するなんて。

岩島さんを見る。切り返しながら崩れそうな竹林ぎりぎりに車を寄せたところで、自分だけ下り立った。何があったのか。

後ろの灰色の車には三人の人影がある。

「どうぞお先に」

と言うが、岩島さんがそこに立っているかぎり、追い越す幅は残されていない。車のウインドウが下ろされ、運転している若い男が、何か言った。やってみます、と答えた気配だ。

後部座席に二人の男が乗っている。二人の男は座席に沈み込んで、運転手と岩島さんのやり取りに何も言わない。

灰色の車はミラーをたたみ、岩島さんがオープンカーの前に移動すると、のろのろと追い越しをかける。ウインドウは開けられたままで、どうにか車体が擦り抜けた瞬間、岩島さんは灰色の車に向かって声をかけた。

「ご迷惑をかけました。ご苦労さまです」

後部座席の男たちが、軽くアタマを下げた気がするが、明日香からは良く見えなかった。

「あの車、そのうち戻ってくるんと違いますか。それ見てから進むかどうか判断しましょう。ここでお茶しますか？」

明日香は反射的に、はいと答え、何を聞かれたんだっけと呆然《ぼうぜん》となる。そうだ、お茶だ。

岩島さんは後部座席に手をのばし、バッグの中から缶コーヒーを二つ取り出すと、一つを明日香に渡した。

どうも、と言いながら受け取る。まだ冷えている。

「どこで買って来たんですか」

「駐車場の出口の自販機。砂糖入りでも大丈夫でしたか？」

「え、はい」

冷たい缶を両手で持つと、身体の底から笑いが湧いてきた。慌てて呑み込む。良い、こういうの好きだ。明日香はまた笑い出した。

「率川の源流、見つかりませんね」

「たぶん、佐保川とは関係無いんと違いますか？」

「そうなんですか？　何かそんなこと、ネットで見た気がするんですけど。あの神社は奈良で一番古いんだそうです。他の神様とも親戚なんじゃありませんか」

「ゆりの花は、三輪山《みわやま》の方の神社から来るみたいですから、そっちとは親戚かもしれません。これ、甘くて美味しい。でも、びっくりです」

「何がですか」

何もかもだ。オープンカーも山道ドライブも、そもそもの出会いも、それから缶コーヒーもだ。そんな流れに、乗ってしまった自分にも驚いている。

「想定外のことが起きるもんですね、おまつりのせいかもしれません」

とだけ答えた。もしかして、これからキスとかが起きるのかな。想定するときっと起きない。でも、想定してしまった。ああもう駄目だ。

「きれいな髪ですね」

「え、髪ほめられるのも想定外です」

「ちょっとだけ触ってみてもいいですか」

「どうぞ」

肩にかかった明日香の髪の毛先は珍しい虫でも見つけたようにつまれ、この次は何を頼まれるのかと期待で心臓が鳴る。

そのときだ、前方から車のテールランプが近づいてきた。あの灰色の車だ。ゆっくりバックしてくる。

注意深くオープンカーの傍を通り抜けるとき、運転手が怒ったような顔で睨《にら》んだ。Uターンする場所がなかったのだろう。岩島さんはその様子をじっと見ている。

「どうやら、ここで引き返すしかないですね」

灰色の車が戻って行ってしばらく時間を置いた岩島さんは、何か得心した様子でオープンカーを数回切り返し、さほどの苦労もなく369号線に戻った。

車の中では、明日香が喋り続けた。岩島さんの耳に届いたかもしれない心臓の音を、何とか掻き消したかった。薬師寺の景戒さんが編纂した日本霊異記って知ってるでしょ？　あれはネットの中のチープな占いなんかじゃなくてこの世の予言なの。うちが薬師寺にお勤めすることになったのも、仏様の御心で、悪いことした人間は仏罰が当たって、善行をした人間は救われる。因果応報だから、自分の行いで未来を想像できるわけ。岩島さん、悪いことしては駄目ですよ。閻魔《えんま》大王の鬼に殺されてしまいますよ。景戒さんからのメッセージでした！

岩島さんは、はいわかりました、などと真面目に答えてくれた。キスするのは悪いことだろうか。そんな風に受け取られても困るけれど。

元興寺の前まで戻ってきて、ケータイのメルアドを交換した。このまま二度と会えないのはイヤだ。けれど次の約束もない。

車を離れるとき明日香は、大事な予定を無事終えたような安堵と、でも何か物足りない不思議な心地で、空を仰いだ。

急にオープンカーに乗って浮かれていた自分が気恥ずかしくなり、空のコーヒー缶と買った本を握りしめて、家まで急ぎ足で歩いた。

家に戻ると、風もないのにクスノキが揺れる音がする。見上げるとケイカイが枝を揺すり騒《さわ》いでいた。

今日は占いの話も出たけれど、カラス占いなら、クククやクルクルはイエスで、ギャオ系の鳴き声は全否定か怒り。いまは、ケケカカ、ケケカカと、通常の鳴き方なので、明日香の心境を覗き込んでいる程度なのだ。

樹上の騒ぎが、明日香の胸騒ぎに重なって、落ち着かない。

ケイカイの相手をしている余裕などないまま、パソコンを起動して率川神社について調べた。明日のお祭りのお知らせなどがあり、率川神社の由来などが出ていて、明日香の記憶に引っかかっていたとおり、神武天皇の皇后が御祭神だ。三輪山の麓の狭《さ》井川《いがわ》のあたりに笹ゆりが繁っていたのを奉納したのも、間違ってはいない。明日香は、狭井を逆に読むと率《いさ》になるのを、面白いなあと思う。何か意味があるかも知れないし、ないかも知れない。けれど率川神社のホームページには、率川の源流については書かれていないし、奈良ファンのブログなど覗いてみたけれど、猿沢の池からとか、春日山のどこかからなどと古代史ファンがあれこれ知識を披露しているだけ。

岩島さんが源流探訪を思いついたにしても、何かきっかけがあったはずだが。

単純に、明日香をドライブに誘いたかった、そういうことかもしれない。お茶しませんか、のお茶は自販機の缶コーヒーだったし、ドライブが目的だったとか。

首を傾げていると、窓の向こうにケイカイの影が動く。ポップコーンをねだっている。窓を開けて、ケイカイに言う。

「入ってきちゃダメ。この前うちの机にフンをしたでしょう。あんたのフンは臭いし掃除が大変なんよ。いま、持ってきてあげるからそこで待ってなさい」

台所からポップコーンの袋を持ってくると、ケイカイの姿はない。ヘンな音がしたけれど、ポップコーンより美味しそうなトカゲでも見つけて窓から飛び降りたのだろう。

見ると机の上に置いていた日本霊異記のぶ厚い本が床に落ちて、開いたページの上にケイカイが両足を広げて仁王立ちしているではないか。

「何してるのよケイカイ、ああ、やめてよ」

広げた両足のあいだからぽたりとフンが落ちた。

手でケイカイを払いのけると、ケケケと可笑《おか》しそうに笑い、羽毛をまき散らしながら窓に向かって駆け上がり、そのまま空へと羽ばたいた。

「バカ！　バカ！」

明日香はクスノキの枝のどこかから見下ろしているケイカイに叫ぶ。

その声を聞いて、小径の向こうから畳屋の繁さんが出てきた。背中を曲げて忙しげに歩いてくると、

「何の騒ぎや」

迷惑顔をつくっているが、内心退屈でたまらなかったのがわかる。

「あのカラス、人間をバカにしてる。おまけに人間の親切を仇《あだ》で返す恩知らずや」

「なんか、ジェラシーしとるんとちゃうか？」

「ジェラシーて」

一瞬どきっとした。

「相手して欲しいのに、明日香ちゃんの気持ちがどこぞへ行ってしもうとる、とか」

「はあん、それ、繁さんの気持ちちゃろ」

家に戻るときはいつも繁さんを覗いて、ただいま、と声を掛けるのに、今日はそれどころではなかった。アタマの中も胸の中も、オープンカーが走り回っていた。

「カラスはなあ、人の心を読むんや。心は目に表れる、ほっぺたにも表れる」

「ほっぺたて」

「明日香ちゃんのほっぺた、異様に赤いわ。熱あるんとちゃうか？」

「ほんま？　ほんのり程度やろ？」

「いや、なんかある」

「なにがある？」

「事件や、とんでもない事件」

「やっぱりそうか、繁さん事件探してる。けど事件やありませんて」

「それは明日香ちゃんみたいな人生の未熟もんには判断できんことや。まず話してみたらどうや？」

繁さんは案外鋭い。ほっぺたの色はどうかわからないけど、異変を嗅ぎつけている。

明日香は本屋からの帰りに寄った笹ゆり奉献の率川神社でのことを話し、結局岩島とのドライブまで言わされた。

「けど、何も起きんかったし、ほら、こうやって無事戻ってきたし……すごい車に乗せてもろうて、楽しかった」

「まあな、今んところは無事や」

「無事でなくなると、どうなるん？」

「どこかの遊び人のボンボンやろ。そういう目立つ車で若い女、引っかけるんや。そいつ、奈良の男なんか？」

「……うん、恋の窪の近く」

「薬師寺の玄奘三蔵会大祭のとき、真っ赤な仮面かぶってたっちゅうのも怪《あや》しいな。そんな若造が、なんでスポーツカーなんや」

明日香もそこは心もとない。

「……猛獣とか怪しい仮面とかは、三蔵法師の性根を試す菩薩の化身だったりして、必要な存在なんよ」

「いや、ろくでもない男や。ろくでもない男が、なんでゆりまつりなんぞに来たんか……あのな、そいつははなから、明日香ちゃんを狙ってたんや」

「それ、かなりの飛躍ですよ繁さん。薬師寺からうちの跡をつけて来たわけやないし、今日は休みで、うちは家から本屋まで歩いていったんやし、どうやって率川神社の前で、計画的に声を掛けることが出来るん？」

明日香はいつも追いかける方で、追いかけられる立場でモノを考えることなど出来ない。もし岩島があの神社の前で自分を待ち伏せしてくれたのなら、ロマンティックやなあと嬉しいのだが、それはない。間違いなく偶然だ。なんとなく気持ちが動いて、助手席に女性を乗せてちょっとだけドライブしたくなった。岩島もゆりの花の香りに惑わされたのだ。

「さあ、繁さん家に帰らんと叱られるよ」

「なんか腑に落ちんな、お茶に誘っといて車に乗せて駐車場出たとこの自販機で缶コーヒーかいな、ケチやなあ。すごい車に乗っとるのに、缶コーヒーかいな」

ぶつくさ言いながら戻っていった。

繁さんのぶつくさにも一理あり、明日香も引っかかっている。神社の前で偶然見かけた女性が、三蔵法師のお祭りで転んだ職員だと気がついた。以前から明日香に好意を持っていたので、とっさにデートを思いついた。明日香にとっては一番好ましい筋書きだが、夜遅い時間でもないのだから、もしそうなら、本物の喫茶店に誘うのがふつうだろう。中途半端な気がする。

明日香でなくとも、誰でも良かったのかもしれない。繁さんの言葉がじんわりと締め付けてくる。目的は明日香ではなく、他のことにあった。

明日香は、買ってきた本を棚に乗せた。自分に都合の良い筋書きをちょっと横に置いて、冷静に考えてみる。

今日自分は、なぜ率川神社に行ったか。本屋の前でゆりの花の香りに触れて、ゆりまつりの笹ゆり奉献の行列を思い出した。率川神社は本屋から自宅に戻る途中だから、神社に立ち寄った。偶然の成り行きだった。事前に決めていた行動ではなかった。

ああだけど、一つだけ決めていたことがあった。本屋で人気ミステリー作家のサイン会が午後一時にあるのを知って、それを目指して行ったけれど、サイン会は一週間先だった。明日香のマヌケな思い込み……

そういえばさらに間違いを重ねてしまったなあ。薬師寺の僧侶の一人が、個人的に行事の意味や感想などを書いているブログに、玄奘三蔵会大祭のことが書かれていて、そこにいろんなコメントが入っていたのだが、行列のユニークさに話題が及び、つい調子にのって明日香も、自分が行列の交通整理をしていて転んだ失敗を書いたのだ。ときどきコメントを書くけれど、署名は本名の明日香のまま。別の名前にする必要もなかったし、ブログ主は明日香が薬師寺の大講堂で働いているのを知っていて、男の自分が書けないことを書いてくれるよう頼まれることもある。

ブログの訪問者の一人が、奈良を舞台にしたミステリー本を話題にしたので、その作家さんは今度の日曜に三条通の書店でサイン会があります、私も行くつもりですと、親切のつもりで間違った書き込みをしてしまった。

もしやあのブログを見た人が、書店にやってきたかも知れない。申し訳ない。たしかに申し訳ないけれど、それは岩島ではない。なぜなら岩島はキーボード恐怖症で、パソコンが苦手なのだから。

やはり岩島との出会いは、神様のご意思や。神様のご意思には、それなりの正しさがある。

ティッシュで灰色のフンをきれいに拭き取り、日本霊異記を机の上に戻す。これを編纂《へんさん》した景戒さんは偉かったけれど、カラスのケイカイは思慮のかけらもない。脚力と嘴《くちばし》の力だけはかなり強く、机の上の重い本もキックで蹴飛《けと》ばすことができる。いつぞやは窓辺に置いた金魚鉢を嘴で割って、出目金を喰ってしまった。金魚鉢にアタマを突っ込んで追いかけたが出目金は逃げまわり、苦しくなってアタマを引っ込めたものの諦めきれず、ついに正面突破に及んだらしい。まるで西部劇の乱暴者だ。明日香が大声でわめくと、ちょっとだけ両方の羽をすぼめて、申し訳なさそうにヨタヨタと歩いて見せた。反省の素振りもサマになっていた。

これ以上ケイカイを怒る気持ちにならないのは、今日という日が薄桃色に、いや笹ゆりの淡いパール色に包まれているからだ。

もしかして、これは恋だろうか。「恋の窪」の近くに住んでいる岩島。傘川の流れ着く場所。恋の窪みに落ち込んでしまったのか。恋の字が跳びはねている。自分の身体なのに、両手両足、胸も頬も、見知らぬ女の持ち物のように曖昧《あいまい》な気分だ。ケイカイが飛びだした窓に寄り空を見上げると、クスノキの枝のどこかから、クククと忍び笑いするカラスの声が聞こえてきた。

薬師寺から自転車で戻ってくると、繁さんが飛びだしてきた。

「明日香ちゃん、今日、明日香ちゃんを訪ねて男が来たで。それも三人や。なんかヘンなことしてへんか？」

「ヘンなことて？」

繁さんが言うヘンなこととは何だろう、と一瞬考えた。探偵好きだから、事件性がなくてはならない。殺人、強盗、誘拐。それ以外のヘンなことなら、いろいろある。

明日香は薬師寺の僧のブログに、ときどき「薬師如来様の本日の心境」というタイトルで、世の中の出来事を嘆いたりお賽銭をケチらないようにと書いたり、あれこれ参拝客に注文をつけたりしている。薬師如来様は何を食べておられるかで、他のブログ訪問者と言い争いになったことはあるけれど、誰かを傷つけたことはない。

「明日香ちゃんに会いたい言うてたが」

「何やろ……」

「また来る言うてた……わしの勘《かん》やと、あの男の関係やないか？　オープンカーの」

明日香も内心ちらりと思ったので、動揺した。

そして二日後、薬師寺を出たところで一人の男から声を掛けられた。赤ら顔の図体の大きな男だったが、丁寧な口調で少しだけお時間を頂きたいと言いながら、胸ポケットから警察手帳を取り出し、ちらりと見せる。無言でお寺の南側にあるカフェまで歩いた。そこには赤ら顔の男より若く見える二人の男が待っていた。一人は太っていてもう一人は痩せぎすだ。全員にこやかだったのと、カフェがお寺の施設なので少し落ち着いたけれど、やはり笑顔はつくれない。

三人は紺色の目立たないスーツ姿だ。

赤ら顔の男が、驚かせてすみません、と慇懃《いんぎん》に謝り、明日香さんのブログは楽しいですな、と笑顔で言う。

「わたしのブログではありませんけど」

「ああそうでした。でも、読んでいると薬師寺の裏話などが解って面白いです」

「でもどうしてわたしだと?」

明日香というハンドルネームと、いまここにいる高畑明日香とは、直接は結びつかないはずだ。

「いや、失礼しました。そういうことに詳しい人間もいますので」

「わたしに何か?」

「お時間を取らせて申し訳ないので、用件を申し上げますね。わたしたちはこの男を調べているものです」

赤ら顔が写真を取りだして明日香の前に置いた。それは予想したとおり、岩島の横顔だった。大学の研究室のような、四角い机が置かれた部屋で、別の男と立ち話をしている。明日香はむっとして言う。

「あのう、三人とも警察の人ですか？　うちはこのお寺の職員ですけど、お話しする義務はありません」

一息に言って、お水を飲んだ。赤ら顔の笑顔が歪んだ。他の二人は下を向いている。

「警察手帳見せれば、何でも喋ってもらえるなんて安手のテレビドラマです。話したくないことは話しません」

三人は困ってお互いの目を見交わした。瘦せぎすの男が、体つきに似合わない柔らかい声で言う。

「……覚えておられませんか？　わたしの顔」

明日香が男の顔を見詰めると、男はわざわざ横顔を向けた。

「あ」

岩島とのドライブで、３６９号線から入って山に向かう細い道で、オープンカーを追い越して行き、またバックで戻ってきた灰色の車。あのとき運転していた男だ。ということは、後部座席に座っていたのが、他の二人なのだろう。明日香の警戒心はいよいよ強くなった。

あの場所に行く前に、岩島が冗談で、追跡されている、みたいなことを言ったような気がする。あれは本気だったのか。

何かが胸の中で泡立ち、身構える。

「……この写真の男の名前は、ご存じですね」

「はい」

「何と名乗りましたか」

「どうしてわたしに聞くんですか？　知っているのに」

「いや、失礼しました。岩島という名前ですね」

「はい、そうです。その名前、偽名ですか？」

「いえいえ、岩島優、イワシマスグル」

そうだ、優れもののスグル。そう名乗ったときの表情にウソなどあり得ない。明日香はほっとして目を伏せる。いまも胸の中を駆けめぐっているあの笑顔の岩島が、偽名だったらどうしようと怯えていた。

「……これまでも、お付き合いがありましたか？　それともあの日、幸川神社で初めて会われたのですか？　わたしたちの想像では、あの日が初めてだと思いますが」

明日香は赤ら顔の男を睨んだ。この三人はずっと岩島をつけて来たのだろう。たまたま神社の前で岩島が明日香に声をかけて、ドライブに誘った。そのドライブを灰色の車で追跡し、最後に元興寺の前で車から降りた明日香。そのとき、三人の誰かにあとを付けられ、奈良町の自宅を突き止められた。

「岩島さんとは、あの日初めてお会いしました。すでに調べておられるのでしょう？　それ以上のことをお話ししたくありません。お話しする義務もありませんし。ただ、良かったら一つだけ教えて下さいませんか？　岩島さんはどんな犯罪を？　殺人ですか、それとももっと重い犯罪ですか？」

「……あの日、高畑さんをドライブに誘った目的の一つは、率川神社の人ごみにまぎれて張っていたわたし達をおびき出し、細い道に入り、わたし達に追い越しをかけさせて、顔を確かめるためだったと思われます。わたし達は罠《わな》に嵌《はま》って顔を知られました。岩島が今後高畑さんに連絡してくることは無いでしょう。あなたはわたし達を罠にかけるために利用された。その後連絡はありませんよね」

その通りだが、明日香の気持ちはずたずたに切り刻まれてしまっている。ケータイメールのアドレスを交換したけれど、メールは来ないし明日香も送っていない。

「連絡先とかの交換はされていませんか？」

「あのドライブだけです」

メルアドの交換のことなど言いたくない。もしそれが偽《にせ》のメルアドであっても、そっと残しておきたい。

これ以上の収穫は望めないと考えたのか、赤ら顔が立ち上がり、紙切れを明日香の前に置いた。ケータイの電話番号が書かれてある。

「何かあればこの番号にご連絡ください。あ、それから、あの男、殺人事件とか、そういう犯罪ではありません。サイバー関連と言いますか、ネットを使った知能犯罪の捜査です。ある銀行のセキュリティが突破されましてね。高畑さんに身体的な実害が及ぶことはありませんので、その点は安心されて良いと思います」

明日香はすっくと立ち上がり、声を強めて宣言した。

「岩島さんがネット犯罪ですって？　それは何かの間違いです。岩島さんは、パソコンのキーボード恐怖症なんですよ。占いで怖い目に遭って以来、トラウマになってしまって二度とパソコンに触ることが出来ない人なんです」

三人の顔が同時にぱっと明るくなり、薄い笑みが浮かんだ気がする。

「……解りました、あなたを車に乗せた理由がこれで納得できました。もうけっこうです。お引き取りください」

明日香はキツネにつままれたまま、促されて歩き出す。

途中で振り返って再度質問した。

「……あの横顔の岩島さんの写真、どこで撮ったのですか？」

「……県内の大学の研究室です。岩島は優秀な学生です。そこまで調べられているとは、彼もまだ気がついていないでしょうが」

若い男が哀れむように、ちょっと蔑《さげす》むように明日香を見た。キーボード恐怖症？　そんな病に、今どきの学生が罹《かか》りますかね？　あなたはもう、用済みです、私どもにとっても岩島にとっても。

自転車を漕ぐ明日香の目に、涙が浮かんでくる。ハンドルにぽたぽた落ちた。やっぱり今度の恋もダメだった。率川神社の御利益も効果なく、薬師如来さまの薬効も明日香には届かなかった。

ゆりまつりの花の香りも、パール色の空気も、嵐に流されて消えてしまった。キーボード恐怖症。あの三人がそれを聞いて突然納得した理由……信号でブレーキをかけて足を突いたとき、ああそうか、そうなんだと、遅れてじんわり納得できた。納得できたせいで、悲しみが倍になった。

明日香を車に乗せれば、明日香にも捜査の手が伸びてくるのを岩島は知っていた。捜査の三人を間近に見たくてあの狭い道へ入り込み、わざと追い越しさせた。それだけでなく、明日香の口から捜査班の人間に言って欲しかったのだ、岩島優はキーボード恐怖症で、コンピューターには触れないのだと。

それを言って欲しくて、行きずりの明日香を車に乗せた、ただそれだけだったのだ。

良く考えてみれば、率川の源流を探すにもネット検索は必要で、たしかネットで見たと言っていた。大金が入ったというのも、占いのせいでは無いだろう。理由は言わなかったがネットを使った犯罪かも知れない。キーボード恐怖症なんて、誰に聞いても一笑されてしまう。

泣きながら奈良町に戻ってきた。自転車をクスノキに立てかける音を聞きつけて、繁さんが出てくる。

「なんかあったんか？　泣いとるやないか。どないしたんや。あの男らに、乱暴されたんとちゃうか？」

「うん、乱暴された」

あれは気持ちの奥まで手を突っ込んで引っかき回されたようなものだ。情けなさだけが残ってシクシクと痛む。

「どっか怪我しとるんとちゃうか？」

「そんなんやない」

繁さんを振り切って家に入ろうとすると追いかけてきて、

「ケイカイが鳴いて煩《うるさ》いんや。なんか話聞いてやってくれ」

「うん、好きにさせる」

明日香は家に入り、窓を開ける。入りたければ、勝手に入ってくればいい。ポップコーンを窓辺に撒いた。ケイカイなんてどうでも良かった。うちが欲しいんはカラスやない、オープンカーに乗った正直な男が欲しかった。ウソのない笑顔が欲しかった。それがダメなら、ウソを見抜く自分が欲しい。あんな男たちから哀れみをかけられるほどのマヌケな自分など、誰でも好きに喰ってくれればいい。

机に突っ伏していると、窓でバサッと羽音。来たなケイカイ。さっさとポップコーン喰って失せてくれ。あんたみたいにぎゃあぎゃあ声出して泣かないけど、一人でもう少し涙を流したいんだから。

羽音はポップコーンを無視して机の上までやってきた。顔を上げると、ケイカイの黄色い目の中の豆つぶほどの黒目が、一瞬白目になり、笑っているのか怒っているのか判らないクウという声を絞り出す。

「何よ」

ケイカイはつつつと机の端に移り、拾って戻した日本霊異記をふたたび足で掻いて落とす。落ちた本の上に乗ろうとするので、明日香は慌てて叫ぶ。

「ああ、やめてよ。その本はあんたのトイレやない。そこどいて！」

手で払うとケイカイは仕方なく窓まで戻り、激しく数回声を荒げて、ポップコーンひとつを銜《くわ》えて飛び立った。

ケイカイはこの本が気に入らないのだろうか。同じ名前のお坊様が蒐集《しゅうしゅう》したのに。

手に取ると、ケイカイのフンの匂いがする。前回のフンの跡が灰色に残っているのを、今度はウェットティッシュで丁寧に何度も拭《ぬぐ》うと、ページは濡れてしまったけれど匂いは消えた。

フンの跡の横に、「閻羅王《えんらおう》の使の鬼の、召さるる人の賂《まいない》を得て免《ゆる》しし縁《えにし》」とある。

中巻の第二十四縁。

最初の一行にどきりとする。

「楢磐島《ならのいはしま》は、諾楽《なら》の左京の六条五坊の人なりき……」

昔は楢の木が沢山はえていたのだろうか。楢も諾楽も奈良のことだ。

そんなことより、これは奇妙な話だったのを思い出した。

この磐島と言う男、寺のお金を借用して商取引をする。人のフンドシで相撲をとる、というわけだ。

読みすすめるうち、明日香の心臓が少しずつ早く打ち始めた。

この磐島はお寺のお金で上手いこと商売をして儲けるが、閻魔大王に察知されて召し捕るように三人の鬼が使わされる。

ところがこの磐島は基本的には善人なうえ、人間的な魅力があったのか、四天王による「まあ、許してやってくれよ」などの仲介が入り、一旦は鬼たちも引き下がる。けれどやはり閻魔大王からのお役目は果たさねばならず、そうそう猶予《ゆうよ》もならなくなっていざ捕らえようとするが、磐島はここで干飯《ほしいい》とか牛の肉などを供して鬼たちを懐《かい》柔《じゆう》する。賄賂《わいろ》三昧《ざんまい》だ。

鬼たちにしても賂を貰い、空手で閻魔大王の元に帰るわけにはいかない。そんなことをすれば杖《つえ》で百回打たれる。さあ困った。

そうそう、確かそういうお話でした……

似たような話が幾つもあったような気がするが、日本霊異記に出てくる鬼たちは、鬼のイメージより人間に近くて、人間にあれこれと注文をつけたり袖の下を要求したり、自己卑下《ひげ》していじけたりして、乱暴者一辺倒ではないところが面白い。

ケイカイが窓の外で奇妙な鳴き声を立てているが……それを耳にするまでもなく、明日香は早まる動悸《どうき》とともに、「あの世界」が現れたことを知る……全身の皮膚がざわざわと何かを受け止め、落ち着くための一呼吸でどうにか元に戻る、という繰り返し。

そうだったのか、ケイカイのフンは灰色のマーカーだったのね。

明日香は突然、真剣に続きを読み始める。その目を上げて、いやだあ！　と叫んだ。

明日香の声で、ケイカイがクク と二度反応した。

賄賂を受け取ったからには磐島を摑まえて閻魔大王のところへ連行することはできないので、鬼たちは何と、磐島と同年の身代わりを捜すのだ。その身代わりが、率川神社の近くに暮らす易者《えきしゃ》なのだ。

この中巻第二十四縁に照らすと、三人の捜査員が三匹の鬼たちであることはすでに明瞭で、追いかけられているのは岩島。名前までぴったり。けれど明日香の立場がまさか、この易者であろうとは。

たしかに明日香は率川神社近くに住んでいて、地名の謎を追いかけたり地滑りを予言したりする。明日香にとっては空想夢想に遊ぶだけだが、傍目《はため》には易者。おまけに岩島は大学四年生だと言っていたので、岩島と明日香は同じ年齢だ。逃れようもなく符合する。

鳥肌立つ両腕を抱きながら、明日香は書棚の奥から一冊の地図帳を探し出してきた。まさか、という疑念と、いやきっとそうだ、ここまで符合するのなら岩島の住所にも意味がある、という思いが胸の底からせめのぼってくる。

地図帳は京都の出版社が作成した平城京時代の大路や寺社を示した地図で、現代の地図がその上にトレーシングペーパーに印刷されて重ねてある。平城京時代と現代の地理を照らし合わせることが出来る。

ケイカイが示した中巻第二十四縁の書き出しは、「楢磐島は、諾楽の左京の六条五坊の人なりき」となっているが、その続きに、「大安寺《だいあんじ》の西の里に居住《すまひ》せり」とあるではないか。

明日香は平城京時代の地図で「大安寺」を探す。

あった。元興寺や東大寺ほど大きくはないが、その寺は簡単に見つかった。そしてその地図の上に、こわごわとトレーシングペーパーをのせた。現代の地理を示すトレーシングペーパー上には、「大安寺」の場所が「杉山古墳」「大安寺旧境内」となっていた。

さらに「大安寺の西の里」を探す。そこは岩島が自分の住所として話した、「佐保川と菩提川が合流するあたり」であり「恋の窪のちょっと南」だった。

明日香は目を閉じ、ゆっくりと見開いた。すべてはこれで決定的だ。

岩島やあの三人の捜査員が、日本霊異記の中巻第二十四の縁など知るはずがない。

千二百年昔の説話の因縁に、自分たちが重なっているなどと想像だにしていないだろう。

けれど現実に、因縁は再現しているのだ。運命を牛耳られているなどと知るよしもないが、牛耳られている。

ケイカイが教えてくれなければ、自分が身代わりの易者だという立場も、明日香は気付かないままだった。

明日香は本を抱えて、繁さんの家に走った。繁さんは古い畳の上にあぐらをかいて、煙草を吸っている。

「繁さん、困った、うちは冤罪《えんざい》でしょっ引かれる。幸川神社の女神さまも、酷いことしてくれるわ。これ読んで！　ケイカイが教えてくれんかったら、うちは警察であれこれ調べられて、地名占い師とか運命予言者とか、魔法を使った魔女とか何とか罪着せられて、閻魔大王のところへ連れて行かれるんや」

繁さんは「おちつけ、おちつけ」と言いながら本を受け取り、奥の台所にいる奥さんを呼んで、眼鏡を持って来させる。それからゆっくり、この中巻第二十四縁を読み始めた。

ときどき目を上げて、明日香を睨み、溜息をついてまた読み進む。

「ね、この縁は明らかに現実になっとるやろ？　そしてうちは、どう考えても、この易者よね」

「……それにしてもなあ、この三匹の鬼は狡猾《こうかつ》やなあ」

「コウカツ」

「ズルイいう意味や、磐島が自分の身代わりを差し出すんなら解るけど、三匹の鬼は自分らが百叩きに遭いとうない、けど牛は喰いたいし、ついでに金剛般若経《こんごうはんにゃきょう》まで読んでもろうて、あっちの世界で良い思いをしたい。ここ、よう読んでみい、磐島の身代わりを見つけたんは鬼たちや」

「どっちでも同じや。ああまどろこしい。率川神社の近くに住む易者はどうなったて書いてある？　何も書いてないよ。ということは、冤罪のまま連行されて葬《ほう》むられたんや。あの三人の捜査員は、うちのこと哀れんで無罪放免みたいな態度やったけど、うちは泳がされてるだけで、そのうちパソコンに証拠が残ってた、とかいうて、うちをしょっ引きに来るかもしれん、いや、たぶんそうなる。繁さん、最近何度も、この手の冤罪が起きてるの知ってるやろ？　新聞にも出てたよ。ネットの犯罪で、確か三人ぐらい次々に逮捕されて、結局犯人は別の男だった」

「……わしはコンピューターに詳しうないけど、真犯人が見知らぬ人間のパソコンにウイルスを忍び込ませて、遠隔操作して犯罪予告を行わせる。そんなもんが入り込んだことに気付かんまま、その人間は犯人として逮捕されてしもうたいう、例の事件やろ」

「そうそう、何で自分が犯人にされたのか、見当もつかない。けどパソコンの中に、動かぬ証拠があると警察に言われればお手上げや……ああ、率川神社の易者は、そやって冤罪かぶって葬られる。どうしよう、うちのパソコン、壊そうか。友達から五千円で買《こ》うた安物やから、惜しうない……証拠隠滅せな……」

明日香は一刻も早く家に戻り、ノートパソコンを風呂の残り湯に浸けたい。一時間浸けといたら良いのかな。それともハンマーで叩く方が確かか。

だけど、なぜ証拠隠滅したかと三人の捜査員から問い詰められたら、なんと言い訳すればいいのか。犯人だから証拠隠滅する必要があったのだと責められたとき、いえ違います、うちは日本霊異記の中巻第二十四縁の……ほれこの通り、身代わりでしょっ引かれる易者だから、そういう目に遭いとうないからパソコンを……

ああでもそれ、通用するかな。鬼たち、じゃなくて捜査員の男たちに、この因果関係を説明しても解らんだろうし。

「なにぶつくさ言うてんのや。たとえこの霊異記の因縁が再現されておるにしてもだ……」

「再現されてるもん！　何もかもぴったりやもん！　三人の鬼よ！　犯人は他人のお金を流用する経済犯よ！　岩島に率川神社の易者や！　そんでそれが、このうちや！　繁さんみたいに悠長《ゆうちょう》にしてられへん。うちは身代わりの易者になりとうない！　鬼らの犠牲になるのはかなわん！　うち、帰る」

「ちょっと待て、明日香ちゃん、たまにはわしの言うこと聞いて落ち着けって！　この因縁の中には、予言や警報もあるが、同時に解決のヒントも入っておるはずや、まずじっくり読んでみることや」

　繁さんは明日香の手を引っ張り、無理矢理古畳に坐らせると、もう一度最初から、中巻第二十四縁の文字を辿りはじめた。


　読み終わっての繁さんの結論は、かなり過激なものだった。人間を殺せるほどの太い針を、畳に一息に刺す繁さんの思い切りの良い本性が、ここで全開した。

「この因縁から明日香ちゃんが抜け出すには、正面突破しかない。正面突破するためには、正面衝突させるしかない」

　そう言った繁さんの目は、名探偵というより全軍の指揮官のように堂々としていた。

「正面衝突？」

それはつまり、三人の鬼つまり捜査員たちと、追われる岩島優を直接対面させることだという。

繁さんは女心に疎《うと》い。疎いふりをしているのかもしれないが、明日香の恋心を無視してクールだった。

繁さんは明日香に言った。

「もしな、中巻の二十四縁の因縁が明日香ちゃんに顕《あらわ》れたとする。岩島と鬼たちを会わせることができたら、岩島は鬼たちにワイロを渡すはずや。そのワイロが有効やったら鬼たちは感謝して去って行く。良う読んでみい、未来永劫、鬼たちと磐島のあいだには信頼関係が生まれたように書いてある。つまりや、ワイロを受け取らせてしまえば捜査員など怖くはないてことや。

ここからはあの因縁から外れるかもしれんが、明日香ちゃんが岩島をそそのかして三人組にワイロを渡すよう仕組み、その現場を押さえる。そしたら閻魔大王の前でも裁判所ででも、堂々と鬼たちのワイロを告発できる。閻魔大王も身代りなんぞではごまかされんはずや。ただし、あの話の鬼たちは牛一頭のワイロで済んだが、こっちは焼き肉だけでは済まんやろうけどな。ま、岩島は最低でもオープンカーは手放さなならん。

　もし二十四縁の因縁どおりに行かんで、捜査員たちにワイロが通じなかったとすれば、二十四縁の因縁も崩れるわけで、明日香ちゃんはこの因縁から解放される。

　どっちにしてもや、明日香ちゃんをこの因縁から救うには、正面突破の正面衝突しかない。明日香ちゃんも覚悟したほうがええ。あの岩島、そんなにエエ男なんか？」

　明日香は考え悩み、最終的には繁さんに説得された。岩島への思いは、こうやって自分で断ち切るしかないのだと、一晩心の底で涙を流した。

　赤ら顔の捜査員から渡されたケータイ番号に電話したのは、翌日だった。

「……岩島優がこの焼き肉屋で、お三人にご馳走《ちそう》したいと言ってます。そこで、折り入って内密にお話ししたいことがあるそうです。あのオープンカーを売り払ってでも、いえそれ以上のお金を使ってでも、ご馳走したいそうです。この意味、わかりますか？」

　日時と場所を伝え、岩島が来る少し前に来て、待っていてくれるように言う。相手は無言、というより、気配が和《やわ》らぐ。和らいだ理由はわからない。

「一番奥の個室に、皆さんの席を用意しておくそうです」

「……わかりました」

という短い返事を聞いて、ケータイを切った。

その次が大変だった。岩島のケータイメールに、明日香は良心と切なさを押し殺して、挑まなくてはならなかった。もしかしたらメルアドはニセモノ。ニセモノであって欲しいような、でもそれでは収拾がつかないような。

考えれば考えるほど、指が動かなくなる。

「率川神社でお会いした高畑明日香です。もう一度お会いしたいので……」

日時と場所を書き終えたとき、これは繁さんが考えた罠か、それとも明日香の本心かがわからなくなった。わからないまま、送信ボタンを押した。久々の淡い色の恋心を、右手の親指が潰してしまった瞬間。


その焼き肉屋は、率川神社の前の広い通りから細道を入ったところにあった。繁さんの幼なじみの節《せつ》さんが経営していたが、節さんは息子に店を譲ったそうだ。けれど張り切って出てきてくれた。繁さんがお爺《じい》さんなのだから、節さんもお婆《ばあ》さんだとばかり思ったけれど、色白の肌は艶《つや》めいて、何年ぶりかという白い割烹着《かっぽうぎ》も似合っている。

奥の個室は準備万端整っていて、あとは吉と出るか凶と出るかだ。

両者は率川源流を訪ねる細い道で、お互い顔を合わせている。捜査員たちはもっと詳しく岩島について調べているはずだ。

常識的には捜査員たちがワイロを受け取るとは思えないけれど、彼らは千二百年昔の鬼たちだと思えば、結末はどう転ぶかわからない。おそらく岩島の出方を見るために、この話に乗ってきたのだろうが、成り行きでは明日香が、岩島を捜査員に引き渡すことになる。胸が痛む。

焼肉店の奥の個室は、ビールケースが積み上げてある一角を衝立《ついたて》で囲ってあり、その衝立は肉を焼く煙で飴《あめ》色にくすんでいた。

繁さんの指示どおり、明日香は積み上げたビールケースと壁の隙間に蹲《うずくま》る。物音さえ立てなければ見つかる心配はないし、声はすべて聞こえる。ボイスレコーダーのスイッチは入れてあり、明日香のケータイもカメラモードにしてある。さあ来い、因縁を操る神よ。

時間ぴったりに、三人の男たちが入ってきた。節さんが慣れた物腰で、冷たいお茶とおしぼり、それからメニューを置いて出ていった。

三人の顔は見えないが気配は伝わってくる。緊張している様子はなく、この場を愉《たの》しんでいるようにも感じられる。いざこれから犯人を逮捕する、という身構えはなく、

「あ、この店、食べログに出てた」

などと誰かが言っている。これはつまり、因縁が実行されつつあるということか。

三人の鬼たちは、ワイロを受け取るつもりで来たのだろうか。

三人は生ビールを注文し、タン の塩焼き、上カルビ、ロース、さらに焼野菜を頼む。

ドキドキしているのは明日香だけだ。

岩島が入ってきたらしい。いよいよ正面衝突だ。

「何だ、おまえたちは」

明日香のはずが、そこにいるのは三人の捜査員。

明日香は息ができない。ビールケースと衝立を薙《な》ぎ倒して、飛びだして行きたい。

岩島さんに謝りたい。なぜこんなことをしたのか説明したい。うちにとっては生きるか死ぬかなの。

けれど繁さんとの約束がある。ここはじっと耐えなくてはならない。

「岩島、おまえのオープンカー売り払って、俺たちに分けてくれるそうだな」

岩島は黙って立っている様子。ショックを受けているのだ。

明日香の姿が見えない。明日香に嵌《は》められたのを悟る。明日香は泣きそうになる。

泣いてはならない。耳をそばだてる。

「……まあ座れよ岩島。今夜のことをおまえに電話してやろうかと思ったが、みなで相談して黙っておくことにした。高畑明日香に呼び出されたんだろ？　俺たちもだ。おまえがワイロで俺たちを買収するらしい。そういう筋書きみたいだ。彼女の筋書きはまるきり判らんが、おまえの勝ちらしいな……」

何の話だか、明日香にはさっぱり理解できない。けれど、三人の鬼はこの瞬間、岩島の勝ちを認めているのだ。

岩島が椅子に座る音。いらっしゃいませ、と節さんが、追加のおしぼりとお茶を運んできた。

明日香は目眩《めまい》に堪えている。ビールケースと衝立の向こうで、何が起きているのだろう。

「……元はと言えば、岩島おまえがあの車が欲しいと言いだし、俺たちは半信半疑だったが話に乗った。しかし本当にネットオークションであんな安さでオープンカーが手に入るとは思わなかった。おまえの技ありだ。安く手に入れた車だが、中古として落札価格より高く売れる、という言葉も、ウソではなかったかもしれん。俺たちに金を出させるための出任せではないということが、中古車の値段を調べて判ったよ。だからすべて、おまえの予定どおりに事が運んだ……」

別の声が同調する。

「ほんまや、みんなして安う買うた車を中古業者に引き取らせて、わずかでも利益山分け出来る予定やった。岩島先輩のクイズ研の友達がうまいことやったようにや」

明日香のアタマの中は、彼らの言葉の整理に追われ、過熱混線し、ほとんど張り裂けそうだ。

最初の声がかぶさってくる。

「……けどまさか、最初の計画を反故《ほご》にしてでも、車を自分の名義にして、あの子を乗せたいなどと岩島が言い出すとはなあ……ま、俺たちの出資額を戻してくれる言うんやから、基本的に問題は無いんやけどな」

それまで黙っていた男が口を挟んだ。たぶん、一番痩せた男だろう。少し高い声だ。

「僕はお金さえ戻れば、何の問題も無いと言ったんですよ岩島さん。このますんなりと車を渡すわけにはいかん、僕たちが引き下がるだけの価値があの女にあるかどうかを試すと言いだしたのは、僕じゃありませんからね。まあ、愉《たの》しませてはもらったけれど」

「そうや、そういう愉しみぐらいは利息として支払ってもらわんとな。人生のルールや」

「でもそれは、岩島さんへのジェラシーでしょう。僕はそう思うな。ま、ジェラシーは僕も感じたけどね」

「いや、ルールを破った人生の掟《おきて》」

「なんが掟ですかあ……車に乗せたい女が居るか居ないかの違いでしょう。女にその価値があるかどうかなんて、モテない男のやけっぱちな抵抗！　僕もその仲間ですが……しかし、ネットでニセモノの警察手帳も手に入るとは……正直、驚きました。車も警察手帳もネットで買えるなら、女の子もネットで手に入るはずだと言ったのは、僕じゃありませんからね」

「おまえだよ」

二人同時の声。

「いや、僕じゃない。あ、僕だったかもしれない……けど、あの高畑明日香という子は、すごかったね。いやあ、僕たち束になってかかっても敵わんかったな。警察手帳で脅しても余計なこと言わんかったし、メルアドを交換したことも白状せんかった。おまけに、キーボード恐怖症だと言って、最後まで岩島さんを庇《かば》った」

「だからさ」

と最初の男の声。

「岩島に全面降伏、岩島は無罪放免の一夜というわけや。そのつもりで三人は雁首《がんくび》を揃えて来た。あとはおまえが言ったとおり、三年の月賦《げっぷ》で立て替えた車代を払ってくれればいいよ。あの高畑明日香は、そう簡単ではなさそうだが、その先は俺たちの知ったことやない」

二人の会話にほとんど口を挟まなかった男が、ぼそりと言う。

「けど、なんで俺たちと岩島先輩が、ここに居るんやろ？　俺たちは岩島先輩からワイロをもらうために呼び出されたらしいが、先輩は何のために来たんです？」

それには答えず、岩島さんはぼそりと、沈鬱《ちんうつ》なひとことを漏らした。

「……ここは僕のおごりだから、好きにやってくれ」

節さんが扉を開けて入ってきた。焼き肉のお皿をお盆に載せてきた様子。

「お待たせしました」

後ろから繁さんが、飲みものを運んできて、テーブルに載せている。

たしかにそういう手筈《てはず》だ。けれど節さんも繁さんも、この場の事態が飲み込めず、途方にくれているのが判る。呆然とした気配のあと、二人は咳払いを残して出ていった。

その咳払いを待っていたように、静かだった岩島さんが話し始めた。

「……明日香さん、申し訳なかった……この三人は高校時代の先輩と後輩達です。成り行きとはいえ、騙《だま》して悪かった。けど、玄奘三蔵会大祭で転んだ明日香さんに声をかけたのは、間違いなく僕ですよ。うちの大学の雅楽《ががく》部が毎年あの伎楽隊を受けもっています。薬師寺さんとも御縁が深い。ブログで明日香さんがサイン会に来るのを知って、会うために本屋に行ったんです。車のことはこの三人が言ったとおりで、あの日のドライブは挑発にのってゲーム感覚だった。けどケータイにメールが来たとき、本気で嬉しかった。まさかこういうことになってるとは、あの日明日香さんが言ってたように想定外、なんでこの三人がここに居るんか、明日香さんが何をしようとしてたんか、さっぱり判らんけど……あの日のこと、謝っておきます。すみませんでした。明日香さん、そこに隠れて居るのは判ってます。狭いでしょう。出てきてください……」

明日香への呼びかけに、三人は驚いて立ち上がる。一人が衝立越しに、蹲る明日香を覗き込んだ。

明日香はビールケースに躓《つまず》きながら、姿を現した。

岩島さんはテーブルを見詰めたままの姿勢を崩さず、三人は途方にくれていたが、一人ずつ彼の肩に触れて部屋を出ていく。ま、じゃあな、などと意味不明の言葉をかけながら。

明日香は声も出ないまま立ちつくす。

嬉しさと申し訳なさと、事態を十分に理解できないもどかしさと、その他もろもろの複雑な感情が湧き上がるなかで、結局中巻第二十四縁の因縁は、実現したのだろうかしなかったのだろうかと、ぼんやり考えていた。

はっきりしているのは、繁さんと節さんの咳払いだ。あの不自然な咳払いは、岩島さんに隠れている明日香の存在を気付かせた。

何とかして彼に、日本霊異記中巻第二十四縁と、今夜の行動との関連を説明しなくてはならない。

三人が次々に部屋を出たことに驚いた繁さんが、扉を開けて入ってきた。明日香と岩島さんを見て、慌てて出て行こうとするのを呼び止めたのは岩島さんだった。

「……こんなに沢山の焼き肉、二人だけでは食べきれません。奥さんも一緒に、食べるの手伝ってください」

後ろから顔半分覗かせた節さん、繁さんの奥さんと間違えられて、色っぽい笑顔になった。

まだ宵の口だ。説明する時間も、言い訳して貰う時間も、たっぷりある。

目の前にはお肉や野菜のお皿と、口を付けていない生ビール。

まずはとりあえず、と岩島さんが言うので、明日香も、はい、咽《のど》が渇いてます、とビールジョッキを持ち上げる。

「ほら、繁さんも節さんも、まずはとりあえずこっちに来て……」

微妙な視線を微妙な角度で交えながら、それでもなんとなく笑みを浮かべて、それぞれジョッキを持ち上げた。

# 八色《やくさ》の復讐

「ほら、明日香ちゃん、これや、この記事や」

繁さんが声を細めて、新聞の三面記事をテーブルの上に置き、つつっと明日香の前に手で滑らせた。二週間前の新聞だ。

焼き肉用のテーブルに火は入っておらず、ニラチヂミ、節さんが大阪の料理専門家から習ったという自慢のホルモン炒《いた》め、韓国から取り寄せるらしい白いキムチなどのお皿の中身が、まだ半分ばかり残っているのに、マッコリのグラスはもう空になっていて、それでも繁さんは片手でときどき持ち上げている。節さんが、おかわり？　と訊くたび、もうええ、とそっけない。明日香はビールを追加した。

新聞は店の奥の雑誌の下に、隠すように置かれていたものだ。外では夜蟬が鳴いている。

この夏は、というよりここ数年、季節が前倒しに来たり、思いがけない尾の引き方をしたり、局所的に豪雨が来るかと思えば空の真ん中に秋空の穴があいて、真っ青な天空が覗いたり。

ともかく油断ならない天候だ。前線もマニュアルどおりには移動せず、そのたび季節も先に行ったり戻ったりで、気象予報士の説明では偏西風の通り道がいつもより南北に蛇行し、そのせいで前線のカタチが極端に張り出してしまうのだとか。

偏西風が悪いのか前線がへそ曲がりなのか、どっちもどっちで、日本の季節は暦どおりに流れてくれない。

けれど明日香は、遠い昔、奈良や明日香村は水に沈んでいて、耳成山《みみなしやま》も畝傍《うねび》も香具《かぐ》山も、島のように海面に顔を出していたという説を信じているので、異常だ異常だというけれど、どっちが正常でどっちが異常なのか判らないと、これは繁さんの考え方でもあるが、明日香も、だよねえ、などと相づちを打ってしまう。

新聞に目を走らせる。橿原《かしはら》市の大軽町《おおがるちょう》で電柱にのぼって配線工事をしていた男が、雷の直撃を受けて墜落死したというローカルな記事。豪雨と落雷による停電を直すための工事を急《せ》かされていた。これは二次災害か。異常気象の犠牲者と言えるのかもしれない。

「この男がな、節さんの甥《おい》っ子でな、この店にもしょっちゅう来てたんや……離婚して娘と二人暮らしやったから、節さんになにかと相談しとったらしい」

「ふうん……気の毒にね……娘さんはひとりぼっちになったわけね……」

「大軽町に住んでたもんで、停電の修理に行ってくれ言われて、雨の中を駆けつけたらしい」

「そう書いてある」

「ベテランで、安全ベルト付け忘れてたとも思えんのやが、雨ん中やし、不注意やったんかもな……気の毒に。そんで節さん、遺された娘を、二階に預かっとるんや」

繁さんは指で天井を指した。木目が見えないほど脂で黒く汚れた天井板だ。二つの個室の間に階段があるらしい。

「離婚したお母さんは？」

「どっか外国に行って連絡取れんそうや。娘はまだ小学三年やで」

「可哀相に……でも繁さん、なんでうちを呼び出したん？」

繁さんに呼ばれてこの焼肉店に来たのだ。今夜はテレビで、「世界の謎——生中継」を見るつもりだった。カリブ海の渦潮《うずしお》にカメラを沈めたり、ヒマラヤの珍獣に罠を仕掛けたりするらしい。トルコの地中海には、二千年前に地震で沈んだ街があり、引き潮の数分を狙って、海中の壁画を中継するそうだ。

見たかった。けれど繁さんの頼みをむげには出来なかったので、録画で見るしかない。

この店は数カ月前、岩島さんと親しくなった因縁がある。因縁としか言いようがない。

ネットオークションに精通していながらキーボード恐怖症などと嘘ついて、でも結局は全部バレた。岩島さん、自分でバラした。日本霊異記中巻第二十四の因縁に沿うなら、明日香は岩島の犠牲者となるはずが、繁さんのアドバイスで、見事悪い因縁を断ち切ることができたのだ。

おかげで岩島さんとも新しい縁が生まれた。この縁が、先々どうなるのか見当もつかないが、最初の恋心が打ち砕かれて、あらためてまた繋がったのは、繁さんのお陰と言える。

一度嘘をつかれた相手なので、明日香も岩島さんを丸々信じているわけではないけれど、メールや電話や、週に一度程度のドライブは楽しいし、日々彼が正直な善人に見えてくるのは、奇妙な感じだ。自分が少しずつ変わっているのかもしれない。

恋人になったわけではないが、ただの友達でもない。同じ日の同じ時刻、二人が胸騒ぎを覚えて会いたくなる、会わなくてはならない気がしてくる、というのは、恋愛の前兆だろうか、それとも岩島が適当に合わせてくれているのか。

会ってみれば胸騒ぎは消えて、兄妹みたいなカラカラと乾いた会話になってしまい、岩島さん明日香ちゃんと呼び合うものの、デートの甘やかな雰囲気ではなくなる。それなのに電話で、昨日見た夢が同じだったり、ネットの占いで相性がピッタリだと判ると、やがて結婚などすることになるのかもしれないなどと妄想が膨らみ、さすがにそれは口には出来ず、けれどそういう時は多少の戸惑いも生まれて、口ごもったりする。

好きなのは間違いない。きっと岩島さんも明日香を好きだ。ただ、好きにもいろんな感情があるから面倒だ。手をつないで欲しいときもあるが、キスを想像すると、それはやっぱり困る気がしたり……そのときはどうやって逃げようか、などと本気で考えたりもするのだが、キスの気配にはまず沈黙が必要で、沈黙しかかるとすぐにどちらかが喋り始めるので、この心配はいつも取り越し苦労に終わった。

「こら、何ぼんやりしてんのや？」

「ごめん」

繁さんが、明日香の額《ひたい》をつついた。

「二階に娘がいて……そんで、うちに用とは？」

「その娘、父親が死んでから、アタマがヘンになったらしい」

　こめかみに指をあてて、口をすぼめる。

「だから繁さん、早《はよ》う言うてよ。父親が電柱から落ちて死んだんなら、アタマがヘンになるのあたりまえでしょ？」

「小学三年いうと、まだ八歳くらいやな」

「親戚はいないの？」

「千葉に伯母さんがおる。そこに引き取られるまで、せめて夏休みの間だけでも父親の近くにと節さんが……本人も千葉へ行くんはイヤや言うし……子供一人では住めんし……ということでいま、ここの二階に居るわけや」

　横目で話に割り込んできた節さんは、そういうこと、と軽く頷いた。

　そこまで聞いても明日香にはまだ、何を頼まれているのか解らない。

「ヘン、てどんな風にヘンなん？」

　節さんは、繁さんを押しのけるように明日香の傍にやってきた。

「いや、何もヘンやないかもしれんの」

「でも、ヘンや言うたやないの」

「確かに、たった一人の肉親を亡くしたら、ヘンになっても当然や」

と繁さん。

「だからもう、繁さんも節さんも、相当ヘンになってるよ。要するにうちは……」

「一番歳が近いから明日香ちゃんが相応《ふさわ》しいと、ワシが推薦したんや」

「何の推薦？　確かにこの中では歳一番近いけど……遊び相手？」

けど子供のころの遊びは忘れてしまったし、と言いかけたとき、個室の横で階段が鳴った。

振り向くと、少女が階段の下から三段目に人形のように立っていた。明日香は叫びだしそうになるのを堪《こら》える。繁さんがすかさず声をかけた。

「おお、この子や。もうちいっと、奈良の夏休みを愉しみたい言うんや。な、そうやろ？」

「そうよね、モモちゃん、こっちおいで。この人ね、明日香さん言うて、薬師寺で働いてるんや。仏さんのお世話してはるんよ」

モモちゃんと呼ばれた子は、ゆっくりと明日香に顔を向けた。白い肌の、整った顔立ちで、かすかに口元で笑う気配。無邪気な笑顔ではない。夢を見ているような超越した表情に、明日香ははっとなった。こんな微笑みの仏像を見たことがある。すべてお見通しです、と言いたげな、ちょっと怖い笑顔だ。

明日香は、自分がここに呼ばれた理由が何となく想像できた。モモは静かに沈黙しながら、何か強い意思を放出している。節さんと繁さんは、この子の意思を汲《く》み取れなくて困っているのだ。

夜蟬の声が聞こえなくなった。あれほど煩《うるさ》かったのに。夜蟬の代わりに雨音が地面から湧いて来た。

「雨が来た」

モモが呟く。八歳の少女にしては明瞭で一本調子の声だ。

繁さんと節さんが顔を見合わせてなにやら慌てている。

モモは大人たちの気配など無視して、真っ直ぐに店の出口に歩く。ガラス戸に手をかけてするすると滑らせると、飛び出していった。

またたわ、と節さんが小さく言いながら追いかける。繁さんはマッコリが効いて素早く動けないので、明日香が二人を追いかけて外に出た。

降り出したばかりの雨が通りの向かい側に聳《そび》える大木の枝葉を灰色に濡らし、街灯から落ちる明かりを発泡酒色に染める中、雨音ばかりがドラムのように地面で鳴っている。

モモは濡れるままに街灯を見上げてまばたきもしない。

節さんが、明日香を引き留めて小声で言う。

「雨になると、いつもこうなの。すこしほっといた方が良さそう……」

父親が電柱に上っているときに雷に打たれた。急な雨で父親を思い出すのだろうか。

モモちゃんは顔を仰向けにして、全身で雨粒を受けている。

「……新聞には書いてないけれど、あの事故のときもね、モモちゃん一緒だったの」

「目の前で父親に雷が落ちたのを見たわけ？」

「そうなの……車の中なら安全だからと連れて行ったんでしょうね……落下した父親の身体に傘を差し掛けて、近くの家に走って知らせたみたい」

明日香は絶句する。どんなに怖かったことだろう。八歳の少女では受け止めきれない衝撃のはず。その事故を思い出しているのだろうか。

雨がさらに強くなったので、明日香はさりげなくモモに近づいた。

「モモちゃん、お家に入ろう……みんながずぶ濡れになってしまうよ」

明日香が近づいたことにも気付かなかったようで、身体をびくりとさせて振り向いた。その目が青かった。街灯の光りが眼球に反射しているのかと一瞬思ったけれど、もっと青くて鋭い光り方だった。

けれどそれもたちまち仄暗《ほのぐら》い影に取り憑《つ》かれ、呆然とたたずむ少女の目になった。

細い腕を摑もうとすると、素早く逃げる。肩を摑み濡れた身体を抱き込もうとして、明日香は廻しかけた手を思わずほどいた。モモちゃんの身体から蒸気のようなものが立ち上り、全身が震えているのが判ったからだ。

「大丈夫？」

平静を装って声をかけると、モモちゃんは震えながら頷き、傾きかけた上体を保つために明日香の左腕を摑んだ。その手は発熱体のように熱い。

「節さん……モモちゃんは熱があるみたいよ。風邪かもしれん」

モモちゃんを両側から抱えるようにして家に入り、細い階段を二階まで連れて上がった。

繁さんは相変わらず空のグラスを摑んだまま、途方にくれている。

二階にはいくつか部屋があるようで、階段に近い部屋に入ると、ソファベッドが置かれている。ここが寝場所らしい。窓辺にはノートとバッグが揃えて置かれていて、明日香の知らない細身で鋭い顔のフィギュアが両手を空に突き上げていた。キティちゃんやドラえもんなら安心出来るのに、なぜか不安にさせるフィギュアだ。

「こんな人形、モモちゃん持ってたん？」

節さんが訊くと、モモちゃんは黙って首を横に振った。

窓の外は雨が斜めの線を描いて、その向こうに黄色くぼんやりと、先ほどの街灯が滲《にじ》んでいる。

節さんと一緒に着替えを手伝う。人形のように身を任せていた。節さんはモモちゃんにというより自分に言いきかせるように、呟いている。こんなことしてると、死んでしまうよ、モモちゃんが死んでしまったら、お父さんきっと悲しむよ。

モモちゃんを寝かしつけてお店に下りてくると、おなじ事が何度もあったのだと言う。熱があるのではと明日香が心配すると、あれは風邪の熱なんかじゃない、と節さんは困り果てたように言った。

「……目が青く光ったの……」

「やっぱりそうなのね。明日香ちゃんにもそう見えたのね」

節さんの眉間《みけん》の皺《しわ》が深くなった。

「……あの子、雨を呼ぶみたい。雨が来たら、いまみたいに大急ぎで外に出る」

「青い目になるの？」

「最初のときは判らなかったけど、先週の日曜の夕立のとき、目が光った……繁さんに言うと嗤《わら》われた。でもいまは繁さんも信じてる。通りの街灯のところからこの家の二階の窓が見えるんだけど、モモちゃんの部屋に青い光りが二つ見えたんだって……

猫の目かと思ったみたいよ」

「ほんと？　繁さん」

　明日香は繁さんに顔を寄せて訊ねる。繁さん、怒ったように頷いた。

「……猫とかキツネとか、瞳孔が光りに反射してそうなることあるから、人間だって可能性あるよ」

　と言ったものの、疑わしい。

　雨が小降りになったので、繁さんを急かせて一緒に帰る。節さんが明日香に、御願いね、と囁いた。何を御願いされたのだろう。モモちゃんのお相手だろうか。夏休みが終われば、長年住み慣れたこの盆地から引き離される。

　節さんに借りたこうもり傘に、二人でアタマを寄せ合い歩いていると、繁さんの身体からイグサの匂いがした。

　うん、そうだね、と明日香が呟くと、何か言うたか？　と繁さんも呟きかえす。

「……あれ、ほんまに青かったよね」

「何のことや」

「まあ、いいよ」

「だから何のことや」

「モモちゃんの目。繁さんも見たんやろ？」

「目の錯覚かもしれん」

それきり黙って歩く。また雨足が強くなってきた。傘の中でも声が聞き取りにくい。理解出来ない現象を、とりあえず目の錯覚や空耳にしてしまうのは良くない、そこで科学はストップしてしまう、と明日香が考えたとき、考えただけなのにそれが繁さんに伝わったらしい。

繁さんが雨音に抗《あらが》って何か言い返した。その声を遮《さえぎ》るように突然の稲妻と雷鳴が天から落ちてきて、あたりが青白い幕に覆われた。

あぶない！　と繁さんが叫ぶ。こうもり傘を放り投げて走り出した。

お寺の門の下に走り込み、おおコワ、命拾いや、と震える声で言う。かなり近くに落ちたらしい。繁さんの腕もぴくぴくした。お経のような文言を呟いている。

「何言うてんの？」

「クワバラクワバラ……この辺に桑《くわ》の原っぱは無いしな……」

「はん？」

何を言ってるのだろう。

「桑の原がクワバラや。桑の原には雷は落ちん。知らんのなら覚えといた方がええな。

昔、桑原は菅原道真の所領やったから、雷も気い使って落ちんようにした。道真さんは雷の親玉やったことがある」

繁さんは大真面目だ。やっぱり科学が足りんのかもしれん。

「人麻呂《ひとまろ》さんの歌はもっと効果あるで。唱えといたら雷は遠慮する」

空が青光りした。身をすくめて目を閉じる。バリバリと耳の傍で炸裂音《さくれつおん》。

「唱えるから早う教えて！」

明日香は両耳を押さえて言う。

「大君《おおきみ》は神にしませば天雲《あまくも》の」

「……大君は神にしませば雨雲《あまぐも》の」

「雨の雲ちゃうで。天の雲の天雲や」

「うん、天雲の……」

「雷《いかずち》の上に廬《いお》りせるかも」

「……雷の上に廬せるかも」

ゆっくり目を開けて、あたりを見回す。とりあえず落ち着いているみたい。

「……ほらな……雷さんを牽制でけた」

科学的ではないけど、確かに雷鳴と稲妻は治まっている。ほっとして空を見上げる。

人麻呂が効いたらしい。

「で、どんな意味？　今の」

「天皇さんは神様で、空の雲の雷さんより上んとこに廬を持ってはる。雷は天皇さんより下の存在や」

「威張るな、お前より上には天皇さんがおられる……」

「雷は気い短いうえに執念深くてアタマが悪いから、反発するかもしれん」

「来た！」

青い筋が空を走る。執念深いやアタマが悪い、の言葉が聞こえたに違いない。一秒遅れの轟音《ごうおん》で空気が引き裂かれた。

「……呪文、ぜんぜん効いてないよ」

繁さんは、大君は、大君は、クワバラクワバラ、を唱えている。お寺の門の庇《ひさし》の瓦《かわら》が白く光ったとたん、連続攻撃の炸裂音だ。

「しつこいなあ今夜の雷は……アタマの悪い暴力男や」

「繁さん、もう雷の悪口、言わんといて」

耳を塞《ふさ》いだままお寺の軒下に十五分もいただろうか。

空は真っ暗なままだが雷雲は遠ざかったようで、雨足も穏やかになった。放り投げたこうもり傘を拾って家に戻ると、全身ずぶ濡れだった。

異常気象という言葉も、もう聞きあきた。この言葉、大雑把《ざっぱ》で科学的でない気がする。繁さんと同じではないか。岩島さんを感心させるには、もっと雷を科学しなくてはならない。

明日香は気象庁のホームページをはじめ、あちこちのサイトに飛んで、雷が起きる状況を調べた。

気温が三十五度以上で、まず黒い雲が空の一箇所に現れる。昼間なら空が異様に青いと感じるときが危険なのだとか。黒雲はおよそ一万メートルの高さに在り、動きが素早い。三十分もすると頭上にまでやってくる。そして急に冷たい風が吹き、雨も降りだす。

こういう時は、予兆なく落雷が起きる危険があるそうだ。

この突発性ゆえ、繁さんが考えるように、雷が執念深くて邪悪な意思を持ち、人間をねらい打ちする暴力男に見えるのも当然か。

けれど、悪いことばかりでもない。雷鳴は人間を怖がらせるけれど、稲妻つまり光りの方は、大気中のチッソを稲にふりかけて稲の開花と結実を促すのだと書いてある。

本当かな。

繁さんとお寺の門で震えていたときも、チッソが降っていたのかもしれない。道理で息苦しくて、酸欠気味だった。

確かに大気の大半の成分はチッソなわけで、肥料だってチッソが使われているのだから、雷の光りは稲のためになるのかもしれない。稲の妻だなんて、きっと実りの役に立つから名付けられたのだろう。稲の実る季節の季語にもなっていた。

弥生時代の稲作では、雷さまどうか稲妻を降らせてください！　と雨乞いだけでなく稲妻乞いも行われていたのかもしれない。

祈りにこたえて、まだ青い稲の田んぼが急にクールダウンし、ざあっと雨になり稲妻が走る。つんつんと立っていた稲穂が、稲妻効果で黄金色に色づき垂れる。これぞ神業《かみわざ》だ。稲光の中では、青い稲も黄金色に輝いて見えるだろう。神々しい光景だ。

稲が実らなくてはみんな飢え死にだから、雷にサービスしてもらえるなら人身御供《ひとみごくう》も当然考えられる。

けれどモモちゃんのお父さんが、その人身御供になるのは可哀相だ。いまはお米がとれすぎるので、チッソが降り過ぎても困る。

ケータイが鳴ったので出てみると、名古屋の母親だった。

なあんだお母さんか、という失望の気配が伝わったらしく、お酒を飲んだときの不機嫌な声に変わった。

「そっち、雷がすごかったみたいね。大丈夫だった？　生きてるから大丈夫か」

「うちには落ちんかった、繁さんと一緒だったし」

「あの人、背が小さいから避雷針にはならないよ」

何てことを言うんだろう。こんなだから離婚されてしまうのだ。人間愛に乏《とぼ》しすぎる。

「クワバラクワバラ、って唱えると雷は落ちないの。繁さんが教えてくれた」

「あ、そう、ま、あの人、精神も身の丈に合ってるわけね」

「クワバラは、桑の原なんだって」

聞こえてないのだろう、反応は無い。

「こういうとき、ボーイフレンドと一緒だと安心だよね……優くんはどうしてる？」

まだ会ったこともない岩島を、娘のボーイフレンドと決めつけて、しかもクン付けで呼ぶ。きっと母親は、失恋か何かしたのだろう。自分が上手く行かないと、明日香に恋愛モードを押しつけてくる。あげく、あんたも少しは頑張りなさい、などとふて腐れた捨て台詞《ぜりふ》になる。

「岩島さん？　どうでもいいよ」

答えたくない。

「あ、そう、振られたのね」

「母さんこそ、何かあったの？」

「女の独り身はいろいろ大変なのよ」

大変の中身を、明日香は聞きたくないので、今忙しいから、と言って切る。

ケータイを閉じる音が、いつもより固い。テーブルの上に乗せるとき、左腕が痛む。手首ではなく肘《ひじ》の上の外側がヒリヒリするので、ブラウスの袖を捲《まく》って鏡に映してみた。火傷《やけど》のような痛さだ。

明日香は自分の目を疑う。何かが張り付いている。鏡に腕を近づけると、張り付いているのではなく、皮膚が赤くなっているのだ。それは小さな手の恰好《かっこう》をしていて、指のカタチまでくっきりしている。

思い当たるのに数秒、そのあと明日香は、その腕を押さえるようにしてうずくまった。痛みのせいではなく、ショックで立っていられなくなったのだ。

明日香は小雨の中に飛びだし、繁さんの家のガラス戸を叩く。繁さんがまだ濡れた身体のまま出てきた。

「これ見て」

明日香が突きだした左腕を、眼鏡を掛け直しながら覗き込んだ繁さんは、しばらく無言、それから、やっぱりな、と意味不明の声を出した。

「……これ、モモちゃんの手か……モモちゃんに摑まれたんか……」

明日香は記憶を辿り直し、うん、モモちゃんにここを摑まれた、と言う。どの場面だったかは正確には覚えていないが、雨の中でモモちゃんを連れ戻そうとして、摑まれた手が熱かったのを覚えている。

奥から出てきた奥さんも、明日香の左腕を見て、薬箱を持ってきた。瓶《びん》に入った油のようなものをコットンに付けて明日香の腕に黙って押し当てる。それを繰り返しながら、火傷にはこの馬油《ばーゆ》が一番や、と呟いた。

三人三様の疑問は静かに呑み込まれる。明日香の腕に火傷のような熱傷を与えるには、よほど高熱の指が必要だ。モモちゃんの指がなぜそんな力を持っていたのか。触れただけで肌を焼く力があったとは信じられない。

馬の油が熱傷に効くのだろうか。繁さんも迷信の人なら奥さんもあやしいものだ。モモちゃんの手に何か偶然にも薬品のようなものが付着していて、それが明日香の汗と化合してこんなことになった。

痛いのに変わりはなかった。

ま、ともかく、一晩寝ることや。

繁さんは胡乱《うろん》な目で言う。困ったときに、困った顔が出来ない職人気質なのだ。何とかせなならん、そんな気概だけが空回りしている。

明日香は馬油の瓶をもらって、家に戻った。クスノキの傍で瓶を持ち上げ、この樹のどこかで眠りについているケイカイに言う。

「馬の油が、火傷には一番効くんやって。繁さんの奥さんが言うんで、とりあえず塗ってもろうたけど……どう思う？」

手前の低い枝から雨粒が落ちてくる。高いところは闇の奥の奥で、けれどわずかにその闇が揺れている。あのあたりにケイカイは居るのかな。

紫色の気配を帯びた夜空に、斜めの黄緑色が走る。わずかな光線が枝葉の色を空中から浮かび上がらせた。

まずい。明日香は玄関の軒下に走り込む。その直後、空全体が白光に包まれ、戦場映画のような爆撃音が降ってきた。明日香の手から馬油の瓶が滑り落ちて、足元の敷石で割れた。夜空から手が伸びてきて、叩き落とされた。

雷が怒っている。明日香に怒っている気がする。

なぜ怒っているのかは判らないが、この怒りは執念深く凄まじい。何度目かの稲光が、明日香の左腕を白く浮かび上がらせた。白い皮膚にモモちゃんの手指の痕《あと》が見えた。

クワバラクワバラ、大君は神にしませば……大君は……助けてください……

家の中までは追いかけて来なかったけれど、左腕は一晩中痛んだ。

翌日は天気も回復してほっとしたのもつかの間で、まるで地球を一回りした天の神が舞い戻ったように数日後は悪天候。ともかく空は機嫌が悪い。

朝早く、ケイカイの鳴き声で目が覚めた。空はとりあえず昨夜の雷雨を忘れたかのようだが、ニュースを見ると集中豪雨の被害を放送していた。

窓を開けると雨後の熱気と湿気がどっと流れ込んできた。それに加えてケイカイのギイギイという鋭い声。不穏なものを見つけたか、悪い予兆を知らせる鳴き声だ。

明日香が髪を洗っているときは静かだったが、ヨーグルトを食べ始めるとまた同じ声で鳴き叫ぶ。食べ物をねだる鳴き方ではなく、じっとしていられないせわしなさ。羽ばたきまで聞こえて来そうな気配だが、鳴き声は高い樹の上から降ってくる。

自転車で汗だくになりながら薬師寺に向かうあいだ、ケイカイはずっと明日香に付いてきたが、境内には入ろうとしない。カラスの身分をわきまえている。無視できないケイカイの行動で、何か良からぬことが起きつつある気がしてくる。

お参りの人たちの数はいつも通りだが、お札《ふだ》関係は良く売れたし、昼休みのスタッフの話だと、写経に来る人も増えたのだとか。お寺としては有り難いことだけれど、この天候は人々に漠然とした不安を与えているようだ。

仕事が終わるのを待って、岩島さんに電話した。ケータイを耳に当てながら、不安に耐えられず誰かに電話してしまうのは、母親と同じだと自虐《じぎゃく》的になる。

別に用事なかったけど、といきなりの声を、岩島さんは無言で呑み込むと、あぶないなあ、との返事。

「何があぶない？」

「呼吸荒い」

明日香は深呼吸する。そういうところを観察しているのかと、身体を裏側から見られている歯がゆさとともに、それも有り難いと落ち着いてきた。

「何かがおかしいの」

「それ、伝染病や、明日香ちゃん。いま、日本中に蔓延《まんえん》してるらしいで」

「繁さんも、それからあの焼き肉屋の節さんも、おかしゅうなってる。確かに病原菌がうちの周りに居そうや」

「かわいいな」

「病原菌が？　モモちゃんが？」

「誰？　モモちゃんて」

まだその話をしていなかった。やはり頭の中が整理整頓されていない。明日香はモモちゃんとの出会いと、左腕の手の痕《あと》を話した。

この現象を科学してもらえるかと思ったが、馬油は火傷に効く、熊本の友達からもらった馬油は円形脱毛症にも効いたのだと言う。

どうして一方的に会話が放散して途切れてしまうのだろう。モモちゃんの手の痕がなぜ火傷になったのか。問題はそこだと思ったのだが、岩島さんの関心は別で、

「子供の手の痕が付いた明日香ちゃんの左腕は、きっとカワイイ。写真に撮って保存や」

そっちに行った。カワイイのは嬉しいけれど、この会話、科学はどこにも存在しないのだ。

電話を切ると、掛ける前より気持ちが鎮まっていたので、カワイイという言葉の方が科学や馬油より、精神的には効き目があったということになる。

モモちゃんと会うつもりで、焼き肉屋に向かって自転車を漕いだ。不安は不安が発生している現場に行くことで解消される。じっとしていて膨らむことはあっても小さくはなってくれないのだから。

信号で停止しているとき、節さんから電話が入った。いきなり耳元に節さんの声が溢れる。これだったのか、岩島さんに呼吸が荒いと言われた理由は。

「モモちゃんが消えた」

「消えた」

「消えたの」

「どこかに遊びに行ってるのよ。まだこんな時間だし」

空は明るい。子供が消える時間帯ではない。

「それがね、たぶん昨日の夜、出ていったみたい。今朝から姿見てないし、ヘンな書き置きが残されてる……」

昨日の夜の奈良市内は、さほどの豪雨ではなかったが、どかんと降っては、南の空を稲妻が駆けめぐった。

「書き置きって」

「……大人が書いたみたいな……うらみ、なんて言葉もあるし、犯罪かもしれんし拉《ら》致《ち》された可能性もあるって、繁さんが言うの」

　いつもの繁さんの飛躍だろう。けれど明日香も何かが起きそうな予感がしていたのだ。ケイカイの騒ぎ方もふつうではない。そしてやっぱり起きた。明日香は目一杯の力で自転車を漕いだ。

　焼き肉屋に着いてみると、繁さんが来ていた。いつもの探偵気取りの高揚した顔ではなく、汗で濡れた暗い額に、仕事の失敗を咎《とが》められたような失意がこびりついている。繁さんが事件で興奮するのは、被害者が見知らぬ人間だからなのだ。

「書き置きって、どこ？」

　それは配膳《はいぜん》用のカウンターに置かれていた。ノートのページが破かれて、鉛筆で文字が記されている。

「うらみは八いろ」

　その傍に、単純な人体の輪郭《りんかく》図が描かれていて、頭部は黄色、胸は赤く、腹部は黒、下腹部はピンク、左手は黄緑で右手は土色、左足は紫で右足は灰色の、色鉛筆で塗りつぶしてある。

「……これ、モモちゃんの字？」

「そうよ、机の上にあったの。この紙切れの上に、人形が置かれてた」

ああ、あのフィギュアだ。節さんが二階へ上がり、持って下りてきた。目をつり上げて怒った顔で、たぶんアニメのキャラクターだろうが、明日香が知らないのだから繁さんや節さんに判るわけがない。

「うらみ、なんて言葉を、モモちゃんが知ってるなんて」

と節さんが呟くが、それはきっとアニメに出てくる記号みたいな言葉で、大人たちが考える心の問題とは違う、と明日香は説明するが、自信はない。父親が死んだ恨《うら》みを、モモちゃんが抱いていたとしても、うらみという言葉にはならない気がする。

人体図はもっと奇妙だ。幼稚園児が人間の身体を描けばこんな風にしかならないだろうが、身体のそれぞれの場所を八色で塗りつぶすことは無いだろう。顔は肌色で、髪のあたりは黒で塗るのがふつう。子供の絵なら、幼稚《ようち》でほほえましいけれど、これは人体をバラバラにしたような気色悪さがある。

うらみは八いろ……

人体の八色が「うらみ」を表しているのに違いない。じっと見ていると、それぞれのパーツが動き出しそうだった。節さんや繁さんが戸惑うのも無理はない。

フィギュアの手足や顔は、こんな色ではないし、アニメの人物だと判る顔立ちと服装をしている。ソフビで出来ているので安っぽく、リアリティが無いし、モモちゃんの人体図の方が、怖い。

　朝からモモちゃんの姿が見えないけれど、ときどき部屋に閉じこもって、お腹が空いたら下りてくることがあったので、節さんは声だけ掛けてほうっておいた。朝から店にいたので、出ていったなら気がつくはずだと言う。午後になって部屋を覗いたら、姿が消えていてこの書き置き。

　昨日はふつうに、ナムルご飯を食べて部屋に入っていったのを確認している。シャワーを浴びるよう部屋の外から声を掛けたのが九時で、そのとき返事が無かった。もう寝たとばかり思いそっとしておいたけれど、すでに部屋には居なかったのかもしれないと言う。

「雨がひどいときって、子供も大人も外出したくないよね？　でもそれ、先入観かもね。この前も雨の中に飛びだしていったし。わたしの油断だわ。でも、朝起きて店の外の郵便受けから新聞を取ったとき、店の入り口の鍵は掛かってたと思う」

「ほんとに？」

　と明日香が確かめると、節さんは不確かな顔になり、うん、たぶん、と首を垂れた。

「ちょっとモモちゃんの部屋に入ってもいい？　何かヒントがあるかもしれない」

　そうだ、不安は不安な場所に解決の鍵があり、謎は謎の場所に謎を解くヒントがあるはずだ。

明日香に続いて、節さんと繁さんも階段を上ってきた。

モモちゃんの部屋は一度見ている。子供らしい匂いが無いのは、ひと夏だけのことだから仕方がない。それでも節さんの気配りだろう、ソファベッドにはクマの絵柄のタオルケットがあり、色褪《あ》せた襖《ふすま》にはクラスの友達の寄せ書きがテープで貼られていた。

父親の写真が無いのは、目にしたときのモモちゃんの辛さを考えれば当然だ。何をどんなに飾っても、やりきれない哀しみの気配が、薄青く漂っている部屋。

明日香は机の上や下、それからベッドの回りを調べる。何か手がかりが在るはずだ。ゴミ籠の中身を摑んで出すと、クシャクシャになって捨てられたノートのページが見つかった。机の上に置かれた書き置きのノートと同じページだ。

「これ、書き損じ？」

節さんが手にとって明日香に渡した。

文字は書かれていないけれど、同じ人体図が小さく描かれていて、どうも失敗作だったようで、上から黒い鉛筆でぐしゃぐしゃの線で消されている。色塗りがうまくいかなかったのか片手と胸が塗り残されたままだ。

その横に、鉛筆で真横に一本線が引かれていて、真ん中あたりで別の線が縦にクロスしている。直線なら十字に見えるけれど、手で引いただけの長い横線は何かを説明するときに使われたとしか考えられない。中途半端な座標軸みたいだ。縦にクロスする短い線の左横に、丸印が小さく描き込まれていて、ノートの左下の隅に、漢字が一字サインのように書かれている。「軽」という字に読める。

その一枚を裏返すと、竿《さお》の先に取り付けた赤い三角の旗が、長くなびいている。三角の旗は細長く、赤い魚のようにも見える。

思いつきの落書きか。

気分に任せて手を動かしていたものの、この一枚はゴミ籠に捨てられた、ということみたい。机の上に残されたページだって、意味のあるものではなく、捨てるつもりだったのかもしれないけれど、その上のフィギュアは、モモちゃんの意思で置かれたのだろう。

明日香は窓からの景色を見つめる。この窓は昨夜、開いていたのだろうか。寝苦しさを考えれば、夜も開けて寝ただろう。今は十センチばかりの隙間から家並みと空が見渡せる。

「……警察に連絡したほうがいいかねえ。千葉の伯母さんに電話したら、お友達の家に行ってるんじゃないかって、心配してる様子もない。モモちゃんを引き取るのが迷惑なのかもね」

「……きっと友達の家だよ……もうすぐお別れだから、お泊まりしてるのかもしれない」

「八歳なのに、大人みたいに無表情なところがあって……もしかしてイジメられてたんじゃないかなって……」

明日香は渦巻く不穏な胸の裡《うち》を隠して、高い声で言った。

「この絵やフィギュア、それとお父さんの事故の新聞の切り抜き、預かってもいい？モモちゃんの気持ちになって、行き先を想像してみるよ」

何かが起きそうだという予感は確かにあった。気持ちを研ぎ澄ませば警戒警報のような音が聞き取れる。そうと意識する前に、身体が音を取り込んで胸のあたりがイヤな感じになっていく。

何だろう、この感じ。気圧のせいかな、それとも大気が不安定に渦巻いているのに敏感に反応しているだけかもしれない。

などと自分に言いきかせていたのに、やっぱり起きたのだ。

繁さんにも節さんにもこの感覚を説明しなかったけれど、明日香の頭の中には、すでに何か得体の知れないものが入り込んでいた。それが何者なのかは判らない。

そいつはすごく有害かもしれないし、案外無害かもしれないが、モモちゃんのためにも突き止めなくてはならない気がする。

そう確信したのは、モモちゃんの書き置きを見た瞬間で、ゴミ籠の描き損ねたノートのページを拾いあげたとき、決定的な印象に全身が震えた。印象、気配、そうとしか言いようのない感覚。

モモちゃんはかなり危険な状態だ。けれどこれは警察に頼んでもどうにもならないことなのだ。もし何か出来るとしたら自分しかない。

もちろんこれは理由のない確信に見えるが、理由はあるのに、うまく説明できないだけなのだ。黒雲が、頭蓋骨《ずがいこつ》の内側をぐるぐる回っている。

ああイヤだ、自分の一部が自分から離れて、この事態を見通しているというのに、もう一人の自分は、目隠しをされて雲の中を手探りで歩いている。自分が自分を馬鹿にしてなじっている。なぜ見えない、なぜこの黒雲を払い落とせないのか。

明日香は顔を覆い、こすり、そのあとこめかみに両手を当てて、髪の毛を両側からごしごしとこする。こうすると、引っかかっているものが落ちて、もやもやがはっきりする気がした。

自分で自分の中身は見えないけれど、モモちゃんが残したものは、目で確かめることができる。とりあえずそこからスタートするしかない。

明日香は自分の机の上に、破かれたノートのページを二枚並べた。一枚はゴミ籠から持ってきた。その横にヘンなソフビのフィギュアを置く。ソフビの人形と睨めっこになる。人形は強い視線を保っていて、目を逸らしたのは明日香の方だった。

しっかりしなよ。

人形がニタと嗤《わら》った。もともと意地悪で怖い顔をしている。人形の視線が明日香の左腕に向かう。左腕がヒリリと痛んで、悲鳴を上げそうになる。

ブラウスの袖を捲《まく》ってみると、小さな手の痕が赤く浮き上がっていた。この数日忘れていたのに、雨の中に立つモモちゃんを思い出した。

クククという、ケイカイの頷くような鳴き声が、窓の外で聞こえた。それそれ、それだよ明日香。

その瞬間、明日香の頭蓋骨の内側に溜まった黒雲に稲妻のような激しい光りが走り、蛇の尻尾のような稲妻の先端を摑むことに成功……その尻尾を必死で放さず手繰《たぐ》り寄せると、少しずつ、じわじわと黒雲が晴れてきて、明日香は、ああれだ、と叫びながら日本霊異記を置いている棚に走った。

開くべきページは、ぶ厚い本のごく最初のところだった。

興奮のあまり家を飛び出しそうになった明日香だけれど、飛びだしても行く先は通りの向かい側の繁さんの家しかない。それは止めておこう。繁さんは明日香がひとつのひらめきを示すと、その上に二乗三乗に妄想を膨らませてくる。役に立つ場合もあるけれど、今回のような異様な出来事には、もっと科学的な発想が必要なのだ。

この考えに、明日香の女心が働かなかったとは言えない。けれど科学が大事なのも間違いない。岩島さん＝科学とは言えないけれど、明日香の身辺に、岩島さん以上の科学は見あたらなかった。

電話に出た岩島さんは、またもや同じ台詞を口にした。

「あぶないなあ」

「何があぶない？」

「呼吸が荒い」

前の電話と同じだ。けれど、これは呼吸が荒くなっても仕方がない事態なのだ。

「……岩島さんはうちより科学的やね？」

「なんのこと？」

「非科学的なことを、科学で説明する力がある」

「そんなもん、無いよ」

「ある、はずです」

「非科学的いうんは、科学で説明出来んから非科学的なんや」

「ほら、そういう説明が、科学的やと思う」

「物事には順番がある。順番に説明してくれんと、アタマが悪い僕には答えられません。何がどうしましたか明日香ちゃん」

からかいの雰囲気が悔しいけれど、興奮がすこし鎮まってきたのも確かで、けれどこれは鎮まってはならないのだ。モモちゃんの生命がかかっている。

「岩島さん、うちの家に来てほしい」

勢いで言った。自分の声で、またもや呼吸が荒くなってしまった。岩島さんは数秒考えた。

「けど、明日香ちゃんの家、駐車場無いよね」

「うん、無い」

「だったら僕のアパートに来ん？　迎えに行くけど」

「うん、まあそれでもいいけど」

岩島さんのアパートは「佐保川と菩提川が合流するあたり」で「恋の窪のちょっと南」には違いなかったけれど、その言葉の雰囲気とはまるきり違って、畑をならした土地に組み立て式の四角いアパートが立っている、どちらかというと殺風景な景色だ。駐車場は草が生えているアパート前の敷地で、高いところからぽつんとオレンジ色の街灯が照らしていた。岩島さんの車は、オープンカーだったのに、今は幌《ほろ》がついて、ふつうの車になっている。その屋根の上でガサゴソと誰かが引っ掻くような音がする。出てみるとケイカイだった。追いかけてきたのか、屋根に止まって運ばれてきたのか。幌の上に留まってククと鳴いた。鳥目のはずなのに。

「これ、ケイカイ」

岩島さんに紹介したときはもう、飛び立って消えていた。夜烏《よがらす》という言葉があるから、鳥目ばかりではないのかもしれない。

部屋に入ってみると、ソファやテーブルは白で統一されていて、ラベンダーの花が一鉢置かれている。明日香の家は古いうえ天井も低くて暗く、すべてが雑然としているので、こんなにぴかぴかのところに住んでいる岩島さんを家につれて来なくて良かった。

理系でクイズ研究会、おまけに雅楽部。真っ白な部屋が似合うような不似合いなような。ともかく生活感はゼロだ。

部屋の隅の広めのデスクに、デスクトップが置かれているけれど、そのディスプレイだけが人の顔のように黒かった。

「まあ、そこに座って。いま、お茶淹《い》れるから。それともビールが良い？」

「ビール」

キッチンに行く岩島さんの背中を見たとき、ビールはマズイと気がついた。けれど取り消せない。岩島さんもビールを飲むのかな。飲めば運転できないので、明日香を送って行けない。送って貰えなければここに泊まることになる。あくまで可能性だけど、その可能性が大きくなるのが、ビールだ。

いや、そういう心配をしている場合ではない。モモちゃんを科学してもらわねばならない。

岩島さんは缶ビールを二個持ってきて、一個を明日香に渡すと、立ったまま自分も飲み始める。喉仏が上下に動いている。

明日香も真似して飲むと落ち着いてきた。

トートバッグからモモちゃんの絵二枚と新聞の切り抜き、そしてフィギュアを取りだして置いた。

「あ、それはゼオン・ベルですね。いやガッシュの方かな。いややっぱりゼオンだ。髪の毛が銀色で目の下に二本の線が入っている」

岩島さんはフィギュアを持ち上げた。

「……ゼオン」

「明日香ちゃんがこんなの好きとはね」

「誤解ですよ。何なのゼオンて。これ、アニメの主人公よね？　岩島さんはこういうの好きなの？」

半《なか》ば軽蔑したいけど尊敬もしてしまう。

「一応クイズ研だからね、このレベルは知ってるんだ。ゼオンは雷帝《らいてい》で人間に換算すると六歳で、ホットドッグや鰹節《かつおぶし》が好みだ。双子の弟がいて、そっちはガッシュ。小柄だけどともかく強い」

「ライテイって」

「雷の帝王。瞬間移動したり、記憶に働きかけて操作したり、感情が昂《たか》ぶると掌から小さな雷を出したりできる」

「……それよ、それなの」

明日香はソファから跳び上がる。

岩島さんは、その帝王人形を置きながら明日香の目を覗き込んだ。明日香は胸元に幾つもの質問を突きつけられた気分だ。飲みこんだばかりのビールが逆流してくる。

「ちょっと待ってね、いま話しますから」

と言ってビールを重ねて飲んだ。それからモモちゃんのノートを岩島さんの前に広げた。

「これが、電話で話したモモちゃんの書き置きです。モモちゃんが消えたのよ、突然」

それから早口で説明した。岩島さんはアタマが良いからそのまま理解している。ときどき顎《あご》を引くように頷く。

けれどこの事態の緊急性は、伝わっていないようだ。明日香が込み上げるままに話しているのに、岩島さんはぼうっとしたまま時折目をしばたたく。

一呼吸ついたときだ。岩島さんは明日香の横に身体を移して、明日香の上体を抱きしめると、次に出てくる声を咽《のど》に押し戻すようにキスした。明日香は、は、と奇妙な声を漏らし、疑問と呆然、さらに途方もない気分で、岩島さんの顔を見返した。

「いや、ごめん、続きは？」

は、の気分は続いている。疑問と呆然と途方もない気分のことだが。

「だから、ごめん」

「いや、そういうことじゃなくて」

今度は岩島さんが、は、という顔になった。

「……だから、ごめんと言われても」

「でも、ごめん。必死な明日香ちゃんが、可愛かったもんで」

「ほんま？」

「ほんまです。でも、ちょっと乱暴でした」

それほど乱暴でもなかった。

「……うち、どこまで話した？」

「モモちゃんの失踪の理由が、判った」

「……だからこの書き置きを科学すれば」

「科学するの？　科学ではなくて、これはパズルでしょう」

「判ったところと、まだ判らないところがあって」

「要するに、モモちゃんはどこに居るの？　いや、どこに居ると思うの？」

「それはだから、判らない方の部分」

「だったら何も判ってない」

「いえ、モモちゃんの失踪は、とんでもない昔からの恨みのせいだということが判った。モモちゃんのお父さんが死んだのも、恨みに関係がある」

明日香は新聞の切り抜きを見せた。岩島さんに、父親の事故のことを話したかどうか思い出せないけれど、これがモモちゃんのお父さんなのと、息荒く言う。

「この記事を良く読んでみて。電柱に上って工事をしていたのは、明日香村の近くの大軽町《おおがるちょう》なの。大軽町て名前が、アタマのどこかに黒雲みたいに引っかかってた。で、こっちの書き損ないのヘンな図を見て。左下に『軽』の字があるでしょ？」

「ある」

「そこが今現在の大軽町の場所」

「……場所、ということは、これ、地図なの？」

「そうです、たぶん。落書きで横に長い十字を書いたみたいだけど、それ、明日香村周辺の地図だと考えれば説明がつく。地図の大軽町の場所に、軽の字が書き込んであるでしょ？　それがどうしたって言わないで。いまはまだ、正解が出せないから。ともかく、デスクトップで大軽町をググってくれない？」

「うん、わかった」

岩島さんは、パソコンの「お気に入り」からグーグルマップを出して検索する。明日香はグーグルで調べてはいないが、ずっと以前、大軽町の場所が大昔は軽と呼ばれていたのではないか、いや、大昔の軽の地名が、大軽町になったのではないかと想像したことがある。

大昔とは、日本霊異記がまとめられた時代だから最低でも千二百年もの昔だが。

「……ごちゃごちゃと、いろんなものが引っかかってくるけど、このあたりのことやな。あ、大軽町あるよ」

「……この図形の軽の字に大軽町を重ねてみると、ほら、その北側を橿原神宮前駅から真っ直ぐ東に走ってる道路があるよね」

「まっすぐ？」

「ほぼ真っ直ぐ。その道を、東の方から西に向かって小子部《ちいさこべ》の栖軽《すがる》が馬に乗って走ったの。赤い旗をなびかせて……雷を捉えるために」

岩島さんはゆっくりと振り向いた。明日香を可愛いと感じている顔ではなく、ちょっと怒ったような、疑問の山を見上げるような真剣な目つきだ。いや明日香自身のアタマの中を疑っている。

不意にもう一度キスされたい気分がやってきたがそれは握り捨てて、急いで姿勢を正す。声を出す前に残りのビールを飲み干した。ここからの説明には気合いが必要なのだ。

まずは、日本霊異記の上巻第一の縁のページを開かなくてはならなかった。

タイトルは「雷《いかづち》を捉へし縁」で、霊異記の中では、冒頭に置かれているだけあって有名な話だ。

小子部の栖軽は雄略《ゆうりやく》天皇の護衛官で腹心の従者だったが、天皇が宮殿におられたとき、お后《きさき》とセックスしておられたところに入ってしまい、天皇は驚き恥ずかしくなって途中で行為を止めてしまった。

五世紀のことなので、天皇の宮殿と言えども、意外と簡素だったのかもしれない。ちょうどそのとき、空で雷が鳴った。どうしてこのタイミングで雷が鳴ったのかわからないけれど、唐突に鳴ったのだ。

天皇の性行為は世継ぎを生み出す意味もあり、もしも雷が天皇の味方であれば、大事な行為を途中で止めさせた栖軽に怒ってゴロゴロと苦情を言ったのかもしれない。逆に天皇が統治する大和の国を不愉快に思っていれば、おお栖軽よ、よくぞやった、と拍手のゴロゴロであったとも想像できる。

現代では考えられないほど、自然現象に畏怖《いふ》を覚えていた当時の人間にとって、もしかしたら雷は、国家統一をすすめる天皇と並ぶほどの強大な存在だったかもしれず、この場面で雷が登場するのには、きっと深いワケがあるはずだ。

何しろ柿本人麻呂《かきのもとのひとまろ》は、繁さんが教えてくれたような和歌を詠んでいた。天皇様は神様であるから、天雲の雷のさらに上に廬《いおり》を持っているなどと、わざわざ上下関係をはっきりさせている。雷は稲を実らせる力まで持っているのだから、もともとは天皇様より怖くて有り難がられていたとしても不思議ではない。

ともかく天皇ご夫妻のデリケートな場面で、突然の雷の登場となる。

天皇は照れ隠しか、それとも栖軽への罰の気持ちなのか判らないが、お前は雷を連れて来ることが出来るか、と栖軽に問う。これもかなり唐突。その場の関心のすり替えなら、やはり照れ隠しだろう。

「ほら、ここを読んで」

と指で示すと、岩島さん覗き込んだ。

「汝、鳴雷《なるかみ》を請け奉《まつ》らむや……とあるね。請け奉らむ、か」

「やっぱり天皇様も雷に、一目置いてたのよ。悪いヤツを引き連れてこい、ではなくて、お連れする、来ていただく。こういうところ、結構大事なんよね、上下関係」

天皇も雷の権威を認めていた。

ではお連れ申せ、と勅命が下り、栖軽は宮殿から退出して雷を探しに行くのだ。その恰好がおかしい。赤い蘰《かずら》を額につけ、赤い旗を桙《ほこ》の先になびかせて馬に乗ると、阿倍村の山田の前の道から豊浦寺《とよらでら》の前を駆け抜けて、軽の諸越《もろこし》の町中まで来た。

「どこ？」

「だから、軽の諸越」

ようやく核心に近づくことが出来る。

「……軽なのよ、昔、大軽町は軽だったんだと思う。地名って、いろいろくっつけながら変わっていくけど……ほら、グーグルに出てきた大軽町と、モモちゃんの落書きみたいなこのページの軽の字が、場所的にはぴったり合うでしょ？　諸越って地名は残ってないけど」

「……となると、この長い線は道で……」

「そう、山田道と呼ばれていた道。その頃の宮殿は山田道のこっち、東の方に在って、そこから馬に乗ってこの道を西、つまり今の橿原神宮前駅に向かって走ってきた。そして山田道からちょっと南に下りたところの軽で、天に向かって叫んだの。天皇がお呼びだぞ、たとえ雷神であっても天皇のお呼びを拒否する事なんか出来ないぞと。これは結構、横柄《おうへい》だったかもね。虎の威を借るキツネ、いえ天皇の威を借る小者。実際栖軽は背が小さい侏儒《しゆじゆ》だったみたいだし……雷としてはアタマに来た。単純な性格だからね。威張り散らす男みたい」

岩島さんは違うけど、と胸の中でひとこと付け加える。

雷に向かって言うだけ言って栖軽が引き返してくると、豊浦寺と飯岡の中間のところに、雷が落ちていたのだ。

栖軽はただちに神官を呼び、雷を輿に乗せて宮殿に運んだ。さぞかし得意だっただろう。小者の従者が天皇の威をかりて、雷神を跪《ひざまず》かせたのだから。

天皇の前で雷は、明るくぱっと光りを放ち輝いてみせた。

驚き畏れた天皇は沢山の供え物とともに、雷を落ちたところにお戻しになる。どうも天皇の方が雷に対しては謙虚だったようだ。

ところがまだ続きがある。

その後何年か経って栖軽が死んだとき、天皇は栖軽の忠信ぶりを偲《しの》んで雷を捉えたところに彼の墓を作った。その栄誉をたたえて碑文《ひぶん》を書いた柱を立てたのだが、記されたのは「雷を捕らえた栖軽の墓」という一文。

この一文で再度雷は自尊心を傷つけられたようで、怒り狂って雷鳴を轟かせて落ちてきた。碑文の柱を蹴飛ばし踏みつけた。けれどそのとき、雷は柱の裂け目に挟まれてふたたび捕らわれの身となったのだ。

　天皇はこれを聞いて雷を柱の裂け目から引き出し、温情で許してやった。そして天皇は、もう一度碑文の柱を立てさせる。そこに書かれた一文は「生きているときも死んでからも雷を捕らえた栖軽の墓」だった。

　この縁で書かれているのは、かつて同等であった雷神と天皇が、決定的に優劣を決したということ。天皇はあくまで余裕たっぷりに雷の傍若無人《ぼうじゃくぶじん》な行動を許し人々の尊敬を集め、一方雷はといえば馬鹿な振る舞いを繰り返し、執念深く人間に当たり散らす存在になった。怖がられることはあっても、尊敬は失ったのだ。

「……という縁から、日本霊異記が始まるわけです」

「かわいいね」

　ほらきた、うちの話し方がそんなにカワイイ？　と喜んだら、岩島さんは雷がカワイイのだと言う。

「いえ、この縁では結構カワイイけど、やがて怨霊や祟りの親玉みたいになっていくの。天変地異の元凶は雷神だと考えられるようになっていく。菅原道真だって、左遷された恨みで雷神の親玉になって都に異常気象をもたらした。それがなんで学問の神様になれたかというと、ほら、天神様としてあちこちでお祀《まつ》りしたからなんよ。ま、道真さんの所領の桑原には雷も遠慮して落ちんのは、親玉やった昔への配慮かもね。クワバラクワバラの呪文は今も生きてるし」

岩島さんは黙る。黙ったまま首を傾げる。

「わかった」

「なにが」

「明日香ちゃんがのめり込んでる世界。けどぜんぜん判らんままなんは、このノートのページにこの地図を描いたんは、八歳のモモちゃんと違うの？　恨みの文章と、この二枚目のページの裏に描かれた赤い旗も、意味不明だし」

「ちょっとひっくり返して明かりに透かしてみて」

岩島さんは言われたとおりにする。

「ね、その旗がなびいているのは、表側の山田道、つまり宮殿を出て馬に乗って駆けた道に重なってるでしょ？」

それを発見したとき、明日香は鳥肌がたった。赤い旗は細長く道の上に伸びていたのだ。

「……確かに。西に向かってなびいている……これを全部、モモちゃんが書いた？」

「そこなのよ、問題は」

明日香は自分を落ち着かせる。これからが岩島さんの科学との闘いだ。彼を説得し、事態を納得してもらわなくてはならない。いや、岩島さんの科学にやっつけられても良い。そうなれば明日香の不穏な予感が消えて、ラクになるだろう。

モモちゃんを連れ去った犯人は雷神です。もちろん、ノートのページを千切って書いたのも雷神です。いえ実際に書いたのはモモちゃんでも、書かせたのは雷神なのです。

明日香がそう言い切ったとき、岩島さんはただ、なるほど、と頷いただけだった。それがあまりに真面目な頷き方だったので、明日香の次の言葉は却《かえ》って細くなってしまった。

「……雷神の復讐、これは栖軽への復讐なんだと思う。そしてそれが判るように、ヒントを残した。それがノートの絵と文章。さあどうだ、判るかな、って。岩島さん、クイズってそういうところあるでしょう？　出題者からの挑戦」

岩島さんはまた、しっかりと頷いた。とりあえず明日香の話を聞こうとしている。岩島さんのアタマの中では、疑問や質問がランク付けされ順番に出番を待っているに違いない。

「……いろんな証拠を順番に積み重ねて、真実に辿り着くのが科学よね？　でも、とんでもない思いつきが在って、いろんな出来事がその思いつきに、ジグソーパズルみたいに一つ一つぴったりと収まったら、それも真実なんだと思う」

　岩島さんのまぶたがぴくぴくと動く。

「……僕もそれには賛成」

「そんなに簡単に賛成しないでよ」

「いや、そう思う。でもまだジグソーパズルは半分も埋まってない」

「これは雷神の復讐に違いない、と思ったのは、日本霊異記の冒頭で栖軽にコケにされた雷神の無念を想像したからなの。あの執念深い雷神は、雄略天皇の時代から小子部栖軽への復讐のチャンスを待ち続けた。そしてついに、そのときが来た」

「そうか」

「いや、そんなに簡単にそうかって言わないでよ」

「だってその通りだよ、このところ、日本中が雷神の復讐に遭っている。雷神は竜巻や豪雨と一緒にやりたい放題だ。そこまでは納得できる」

　本当に納得してくれているのかどうか。

　けれど岩島さんの納得は、もっと大きいのかもしれない。明日香も今回、ぼんやりと感じたことだが、これは栖軽という小者に恥をかかされた復讐だけでなく、あの時代から盤石な国造りに励み、あげく経済大国にのし上がり、空にも海にも二酸化炭素や汚染物質を垂れ流している今、もう黙ってはいられないと天から復讐の行動に出たのではないか。思い知れ日本！

「……けれど、なぜ八歳のモモちゃんなんだ？　父親と娘の二人暮らしだったんだよ」

「うん、そこがわからない。雷神は短絡でアタマが悪いから、昔のイヤな記憶がある軽のあたりで、復讐の邪魔をする工事人を電柱から墜落《ついらく》させ、モモちゃんにとりついた」

「偶然……」

「岩島さん、うちを責めてない？　本当は何も信じてなくて、うちを馬鹿にしてるとか」

「してないよ。ぜんぜんしてないよ。感動してるんだよ。見直してるんだ。いや、明日香ちゃんの仮説……ごめん、とりあえず仮説だけど、科学だけでは解明できないことが確かにあるし、それを認めるのも科学なんだよ。必死な明日香ちゃんをカワイイなと思うのを、男性ホルモンとかＤＮＡとか、何とかの物質のせいだとか、いろいろ説明できそうだけど、説明できないものが、ちゃんとあるんだ。それをケミカルな反応とか言うけど、その場合のケミカルは、科学では説明できないからケミカルって言葉になる」

何だか難しい。ぜんぜん判らないけれど、岩島さんは明日香を認めているし、カワイイとかホルモンとかの言葉に、明日香は心をうごかされかなり感動している。これがケミカルな反応ってことかも。

明日香の気持ちをゆらゆらさせておいて、岩島さんはもう科学に戻っていた。

「ひとつひとつ、ジグソーパズルの穴を探す。仮説であっても真面目に探す。日本人は想像力を働かせ地道な努力をしなくてはならない」

「はん？」

「この仮説に立てば、なぜ雷神がモモちゃん父娘を狙ったかだ。答えがあるはずだ」

だから雷神は短絡でアタマが悪くて……という言葉を、岩島さんの真剣な目つきが封じた。

岩島さんは離れていたデスクトップに向かうと、クイズ研のメーリングリストに文章をうちこんでいく。

「君たちの英知と知識を求む。古来雷は何を行動パターンにしてきたかを緊急に知りたい。クイズとしては、雷の好きなモノは何か。嫌いなモノは何か、という質問になる。古代史か気象学に強い先輩後輩たちよ、頑張ってくれ。気象庁発表の公式情報は要らない」

白いソファにどっかりと腰を落ち着けた岩島さんの格好いいこと。こんなに頼りになる人だったんだ。

けれどクイズ研て、大学のサークルでしょ？　英知や知識は大丈夫なのかな。

あとは任せて、ちょっと眠ったら？　と岩島さんはタオル地のブランケットを持ってきた。明日香は疲れていたので、すぐに眠り込んでしまったようだ。

揺り起こされたとき、岩島さんの形相はソフビのゼオンより怖い目になっていた。目を擦りながら見た時計は二時すぎだ。ずいぶん眠っていたらしい。ビールの酔いもすっかり醒《さ》めている。

「クイズ研の連中からいろんな答えが来た。もしかしたらモモちゃん、かなり危険かもしれない」

「だから最初から言ったでしょ？　そんな予感がするって」

今度は岩島さんが説明する番だ。

「モモちゃんの本名は果物の桃ではないの？」

「……たぶんそうだと思う、モモちゃんと呼んでいるけど、桃か桃子かどっちかだと思う」

「雷が鳴ると、昔の人は桃を投げつけた。中国から来た呪術かもしれない。九月九日に桃のタネを三角に削って、三月に赤い絹の袋に入れておくと、雷避けになる」

知らなかった。初耳だ。桑原や人麻呂の和歌の効果は繁さんが教えてくれたけれど、桃が雷にとっての鬼門弱点だったのか。

「うちの仮説を信じてくれたのね岩島さん」

「百％ではないけど、それを確かめるまえに、急がなくてはならない。まだ間に合えばいいんだけど」

「なに？　どうすればいい？」

「車の中で話すよ。ともかくその地図やフィギュアなんか全部持って明日香村へ行く。今すぐだ」

三分後には、車が走り出していた。明日香には道順が判らないけれど、岩島さんは夜道をどんどん走っていく。南に向かっているのは判る。

「明日香村のどこに向かってるの？　それとも大軽町？」

怖々訊ねると、違うという。

「マルだよ、あの地図に描かれたマル。最初に雷が落ちた場所で、あそこには栖軽の墓もあったんだそうだ。柱が立てられて、その柱に雷が落ちて挟まれた。二度まで屈辱を味わった場所がマル印」

「それなら雷丘《いかずちのおか》」

知る人ぞ知る小山だが、小山の名前が雷丘と聞いても、日本霊異記のこの縁を思い浮かべる人は少ないだろう。いまや地名だけが生き残っている。

明日香はノートのページを取りだし、車内の明かりを点けてもらい確かめた。

「ググってみた？　このマルが雷丘だったのね？」

「間違いない。こういうのに詳しい後輩が教えてくれた。２１４号線と飛鳥川が近づくあたりに雷という交差点があるそうだ。その傍にこんもりと雷丘がある」

「そこにモモちゃんがいる？」

「たぶん」

「そう思う理由を説明して！　でも事故を起こさないでね。こんなに真っ暗だから」

雨でも降り出しそうな暗さだ。夜だけど雲の厚さは感じとれる。

「今度は僕の仮説を話す番だ。雷神は高い所に登って工事をしていたモモちゃんの父親を、栖軽と間違えて墜落させた。長い桙《ほこ》を振り回して自分を捕えに来た男への復讐だ」

「そこまではわかる」

「けれど逆にモモちゃんに捕まって身動きがとれなくなった。あの霊異記を思い出してごらん。やっつけるつもりで落ちてきたのに、木の股に挟まれた。『桃』の名前を持つ少女には敵わなかったんだ。雷神はモモちゃんの体に取り込まれた」

「取り込まれた……雷神は木の股に挟まれたのよね……もしかしたら岩島さん」

「もしかしたら？」

「雷神を捕えた木って、桃の木だったんじゃない？　雄略天皇は中国に伝わる桃の呪術を知っていたはずよ。栖軽の墓に立てた墓標は、桃の木だった……桃は雷神にとって永遠の天敵、そして今回、またもやモモちゃんに害をなそうとして、逆にモモちゃんに取り込まれた……」

岩島さんは唸《うな》った。

「……その二枚のページ、どっちが先に書かれたと思う？」

「書き損じて捨てた方」

「だよね。最初のページには地図が書かれてあって、栖軽が大声で雷を呼びつけた場所に軽の字、それから雷にとっては大恥をかかされた場所つまり雷丘に、マルがつけられている。パワースポットというか、決定的な場所なんだ。雷神は自分がモモちゃんのなかに閉じこめられてしまったことを、その地図で伝えようとした。天に戻りたくて幾つもサインを出した。けれど雷神のアテは外れた。繁さんと節さんはそこまでの教養がなかった。ゼオンを置いてもモモちゃんの目を青く光らせても、気付かなかった。雄略天皇なら大自然への智恵があるから、上手に雷神を空へ帰すことが出来ただろうけどね。そこで一枚目をゴミ籠に捨てて、ついに最後の手段に出たんだ。それが二枚目のページ」

「……最後の手段て、つまりモモちゃんの体ごと、天に帰るということ？」

「それも八色の恨みを突きつけて」

「……それ何なの？　クイズ好きの友達、何て言った？」

「……八色の雷神がモモちゃんの身体に取り憑いて殺す。そういう通告だよ。モモちゃんは色鉛筆を持たされて、その絵を描かされたあと、連れ去られたんだ」

明日香は両手で口を覆い、そのまま祈るように手を合わせた。地名フリークではあるけれど、八色の雷神なんて知らない。

「……日本書紀に書かれているそうだ。伊弉諾尊《いざなぎのみこと》と伊弉冉尊《いざなみのみこと》は聞いたことあるよね」

「神話でしょ？」

「妻のイザナミが死んで、恋しさのあまりイザナギは黄泉《よみ》の国まで追いかけていく。自分の姿を見ないでくれと頼んだのにイザナギは見てしまう。その身体にはウジが湧き腐っている。妻の頭には大雷神、胸には火の雷神、腹には黒い雷神、下半身のあそこにも両手にも、両方の足にもそれぞれ八つの雷神がとぐろを巻いてたんだ。八色《やくさ》のいかずちあり、と書かれているそうだ。八とおりの悪臭を八クサと言ったのかもしれん。そいつの説だけど、古典に詳しいやつだからきっと当たっている」

「……ということは」

「即、死を意味する。モモちゃんがこうなる、という通告」

深夜だから信号は点滅が多い。それが雷神の目玉に見える。まだ雨にはなっていないが、いつ降り出しても不思議ではない。遠くで雲間を稲妻が横に走るが、あれは何の意思表示だろう。いきなりバリバリと来るつもりかもしれなかった。

雷と書かれている信号で、岩島さんはブレーキを踏んだ。暗くて見逃すところだった。拍子で車の天井から何かが後方に滑り落ちた。テールランプの赤い光の中で、ケイカイが首を立てて睨んでいた。やっぱりついて来たのだ。

「この右手の方に、雷丘が在るはずなんだが」

闇の濃淡を見定めながら、駐車できるところを探す。ケイカイが先になり羽をばたつかせて誘導した。ときどき鋭く鳴き声をあげる。警戒心丸出しで、怒っている。

「夜鳴く烏《からす》を夜烏と言います。昔からこういう宵《よい》っ張《ぱ》りの鳥が居るんです」

岩島さんに何か言われないまえに、ケイカイのためにひと言呟いた。いまは出しゃばりなどと悪口は言えない。緊急事態なのだ。

丘のカタチが目の前に黒々と立ち上がっていた。気のせいか何かが腐ったようなイヤな臭いが、黒い丘から流れてくる。

車を置くことは出来たけれど、丘全体に立木が繁っていて、登り口が見あたらない。雷は高いところに落ちる。きっとこの丘の頂上に栖軽のお墓を作り、柱を立てた。落ちて下さいと言わんばかりの場所だ。雷神が地図にマル印をつけたのはまさにココに違いない。

「モモちゃーん」

と声を張り上げた。黒い丘が風で震えた。ケイカイが飛び立ち暗い空に消える。すぐに戻ってきて数歩前で羽をばたつかせる。

明日香と岩島さんは、腕を組んでその羽音を頼りに動く。車から持ってきた懐中電灯の丸い明かりが足元をゆらゆらと照らした。樹木の根が骨のように剝きだしになった急な坂道だ。狭くて、不意に顔を木の枝でひっかかれる。そのたび明日香の口から、悲鳴が飛び出した。シルエットの感じでは高い丘ではないが、道はうねり曲がり、枝先と空の区別もつかなかった。ケイカイの羽が何度も地面を叩いた。ときどきけたたましい鳴き声をあげる。

明日香は何度もモモちゃんを呼んだ。空をいろんなものが行き交っている。もう少しだ。岩島さんが明日香を抱きしめた。明日香はぶら下がりながら足を動かした。

雨だ。いや枝葉に付いた水滴が風で落ちてきているのか。

足元が広くなった。懐中電灯で回りを照らすと平地が広がっていた。ここが頂上らしい。岩島さんの腕が弛《ゆる》む。

「……ここにモモちゃんが？」

「他には考えられない。マル印はここだ」

けれどモモちゃんの姿は無い。全身に八つもの雷神が取り憑いたモモちゃんを想像していたので、ほっとした。助かったのだろうか。それとももっと遠くに連れ去られたのか。この頂上に栖軽の墓があったというから、栖軽への復讐で、その墓に埋められてしまったのか。

岩島さんも足元にライトを当てて、何かを探している。土を掘り返した様子は無かった。

これまでの推測が、すべて間違いだったのだろうか。霊異記にとりつかれた明日香の妄想、明日香の妄想に巻きこまれた岩島さんの行動……モモちゃんの失踪《しっそう》とは無関係なところで、じたばたと大騒ぎしていたのだろうか。

蹲《うずくま》って動かなくなったケイカイが、キキッと奇妙な鳴き方をした。雨粒だ。顔を上げると目にも頬にも水滴が当たる。

そのときだ、真上の空が宇宙に抜けたような光り方をした。目を閉じる余裕もないまま青白い光りを浴びて、抱き合ったままその場にしゃがみこむ。

落ちた、と明日香は思った。やられた。

薄く目を開けると、まだ生きていた。イヤな臭いはさらに濃く突き刺さり、明日香はクワバラクワバラと唱えながら震えた。

けれどそんなことでは許してもらえない。これはまさしく千二百年以上の恨みなのだ。モモちゃんを返して貰えるなら、何でもしなくてはならない。

明日香は薄目を開けて天を仰いだ。言葉が咽の奥からせり上がってくる。

「雷神さま。いまここで、あなたの力に平伏します。長年のお怒りももっともです。人間はあなたを見くびり馬鹿にしてきました。地震雷火事親父などと畏《おそ》れ、天変地異をあなたの悪行のせいにして、少しも尊敬して来なかった。それればかりか、あなたが発信するサインも悲鳴も、受けとる能力を失くしてしまいました。小子部栖軽は、この丘に眠っていますが、きっと後悔していると思います。どうか堪忍《かんにん》して、モモちゃんを返して下さい。恨みつらみは、小さな人間の狭い心が生み出すものです。天を支配するあなたは、八色の神です。あなたを八色の雷神だと見抜いたのも、その小さな人間なのです。どうかモモちゃんを返してください。モモちゃんの桃は、モモちゃんの責任ではありません。あの子はこれから千葉に旅立ちます。父親を失ってどんなに心細いでしょう。八色の雷神に取り殺されるのはあまりに可哀相です」

声に出して叫ぶうち、しだいに自分の声とは思えなくなっていく。明日香自身も、何かに乗っ取られたような浮遊感に揺さぶられる。千二百年間の日本人の罪を必死で謝っている声は、一体どこから来るのだろう。

隣りで岩島さんが腕を揺すっているのにも気がつかなかった。

ゼオン人形が目の前の薄暗い中にすっくと立っている。怒りの顔ではなく、哀れむように笑っている。しゃがみ込んだ拍子に、トートバッグからころがり落ちたらしい。雨粒が顔に当たらないのに気付いて、頬を撫でてみた。厚い雲がわずかに割れていく気配。視線を戻すと、ゼオンが消えていた。ケイカイはどこに行ったのだろう。

「岩島さん……」

「……鳴ってるよ」

「私、どうしちゃったの？　何を叫んでたの？」

「鳴ってるのはバッグ。明日香ちゃんのケータイ」

手探りでバッグを探しだし、ケータイを取り出す。四角いフェイスが明るくキラキラ光る。耳に当ててると節さんだった。

「明日香ちゃん、こんな時間にごめんね。でも心配してると思ったから連絡したの。たった今ね、モモちゃんが戻ってきたの。入り口の鍵をかけないでいたら、物音がして、下りてみたらモモちゃんが、ずぶ濡れで立っていた。これからお風呂に入れてあげるわ。繁さんにも連絡します。いろいろ心配してくれてありがとうね。ともかく大丈夫みたいよ」

# 夢をほどく法師

マタニティブルーという言葉は知っているけれど、自分の場合も何か名前がつくブルーなのだろうか。マリッジブルーでもないし、ハートブレイクブルーでもない。無理矢理言ってみればラブブルー。でもそんなの聞いたことないな。

昼休みに弥生さんが、熱のこもった日溜まりのような丸い顔でやってきて、明日香に声をかけた。

「目の下ふっくらして、最近明日香さん色っぽくなったね。弥勒《みろく》さん見てるみたいで、幸せな気分になるわ」

とたんに気分が落ち込んだ。弥生さんが幸せな気分になるのに、明日香は途方にくれる。岩島さんのところへ泊まってきたのが全部ばれている気がする。一週間に一度程度なのに、あのことで目の下がふっくらするかしら。弥生さんに見つめられるとつい目を逸らしてしまうのが、色っぽく見えるのだろう。

岩島さんとは、レンアイだ。間違いなくレンアイだけど、漢字で書く恋愛とは少し違う。けれど先々、漢字になるかもしれない。漢字の関係になりたいかどうかが、自分でもはっきりしないのもブルーの原因だ。どういうのが漢字の恋愛なのかも、良くわからない。ベッドに入ってするとき、岩島さんが、いいね、いいね、すごくいいね、と言うのも好きではない。いいね、が好きではないと言えないのもブルーの原因。かといって、岩島さんが本気でないとは思っていない。全部本気なのだ。明日香も本気。でも漢字の恋愛とはちょっと違う気がする。

あれやこれやと、もどかしい。岩島さんとベッドに入らなければ、もっと世の中は単純だったのに、面倒が一気に増えた。

でもきっと、弥生さんが言うように、自分は幸せに見えるのだろう。ということは、幸せなのだ。もしかしたら今夜のデートもバレているのかもしれない。女の大先輩の直感が怖いし、仏罰は当たらないと思うけれど、何となく後ろめたい。

トイレに行き、溜まったおしっこを思い切り放出するときの感覚が、これまでと違う気がする。からだ中がソワソワと波打つ。波打つとき、おへそのあたりから溜息がこぼれるのは、岩島さんに何かを埋め込まれたからに違いない。

この前、お写経のお力で復興した金堂の、ご本尊の左右にお立ちになっている日光菩薩と月光菩薩のお姿をじっくりと見た。何て美しいのだろうと見入っているとき、その下半身に目が行った。お御足にかかる体重は左右わずかに違っていて、片足を心持ち浮かせて居られるお姿が艶《なま》めかしいだけでなく、腰から上に伸びる上体もヒップのあたりをちょっと突き出す風に角度があって、いかにも女性の余裕、堂々としているのにたおやかな立ち姿なのだ。本物の女性以上にくびれているウエストの下に、ふっくらと盛り上がる腹部。カタチの良いお臍《へそ》とさらにその下の、衣で隠されているあたりに目が行く。まさか自分と同じ身体に出来ているはずはないのだが。

罰当たりな自分に気がついたときはすでに遅く、中央のご本尊さまの視線が鋭く険しく変化していた。アタマを下げて引き下がったものの、お臍が在るのは臍の緒が在った証拠で、その臍の緒は誰と繋がっていたのだろうなどと、疑問は残った。

日本霊異記の中にも、吉祥天女《きつしようてんによ》に夢の中で邪淫《じやいん》してしまう修行者の縁《えにし》があった。吉祥天女は間違いなく女性だけど、日光菩薩も月光菩薩も、薬師ご本尊にお仕えする女仏に見えて仕方ない。菩薩様は仏陀《ぶつだ》になる前の修行中のお身で、男性でも女性でもないのだと、弥生さんは言っていたけれど。

仕事は滞《とどこお》りなくやったし、ぼんやりしているとまた弥生さんに何か言われそうなので、いつも以上にてきぱきと働いた。祈願札が足りなくなりそうなので、言われる前に手配した。人と目を合わさないと、身体が機械のように動いてくれるのが不思議だ。だから母親の加寿子が数メートル離れて立っているのにも気付かなかった。目を上げたとき、あれ、と嗄《かす》れた声が出た。

加寿子が近づいてきて、目の回りに無理矢理シワを寄せるような笑い方をした。けれど目は笑っていないし少し充血している。

「どうしたん」

「どうもせえへん。ちょっとあんたの顔見とうなって。この季節は人恋しうなるね」

この季節。そうだあと一週間でクリスマスイブ。けれど人恋しくなって娘に会いにくる母親ではない。何か用事があって急に奈良に戻ってきたけれど、その用事が上手く行かなかった。その流れでふらりと明日香の仕事先に足を向けた、そんなところだろうと娘は直感する。

「うちの仕事、今日は六時まで。でもそのあと友達と用事がある」

デートかと訊ねてくれれば正直に言うつもりだったが、加寿子は物憂げにハンドバッグをぶらぶらさせている。

「前にあんたが言うてた、資料館の近くのハヤシライスの店な、ご馳走してもらおうかと思うたんやけど」

「急に言われても無理。何か用事あったん？」

「大したことやない」

「そう」

「もう用事済んだ」

いつもなら来る前に連絡がある。

「ほな、もう行くわ……あんた、夏に会《お》うたときよりキレイになったね」

誉められたのに、心地悪い。そうかなあ……と呟きながらお守りの上で手を動かすうち、母親の姿が消えた。目で捜すと、丸まった背中の後ろ姿が北受付に向かっている。いつも高いヒールを履いているのに平らな靴のせいで背が低く見えた。

追いかけようかと動きかけたとき、弥生さんがやってきて、誰？　と聞く。一瞬のことで、母ですと答えられない。いえ大丈夫です、と見当違いの声を出した。

「最近、ヘンな女が釣り銭のことで言いがかりつけるから、用心してね。何かあったら手を上げて呼んでいいから」

頷いた明日香だが、母親がヘンな女に見えたのかと思うとショックで、けれど弥生さんに、今のは母ですと言えなかった自分がもっとショックだった。

化粧品売場で、キラキラとビーズを貼り付けたような笑顔で生きている母親に、いつもはうんざりしていながら、黒ずんだ顔の、年齢が浮き出した母親も明日香はイヤなのだ。

目尻の深い皺にファンデーションが入り込み、その上から粉をはたいて誤魔化した顔は、少し離れて見れば年齢不詳だが、ファンデーションも口紅も付けない素肌は、四十四歳の実年齢よりもっと老《ふ》けて見えた。

その日デートの前に家に戻り、母親が自分の衣類を押し込んだままの二階の部屋を覗いてみた。この家に何か用事があったのだろうか。

お洒落なのに安物ばかりを買って、でも捨てられないのが加寿子の性分。夏に帰ってきたとき、三枚で千五百円のフリル付きのブラウスを買い、そのまま鴨居《かもい》にぶら下げている。濃い紫と緑とオレンジ色しか残っていなかったのだとか。どれも母親には似合わない。明日香のヘンな顔を見て、そのうちあんたが着るようになると言った。まだタグが付いたままだ。明日香が生成色《きなりいろ》のものばかり身に付けるようになったのは、母親への反発かも知れないと思う。そんなにくすんだ色ばかり着ているからオトコにも素通りされるのだと母親は言うけれど、華やかな身なりをしていても離婚されたではないか。けれどそのひと言は呑み込んだ。明日香は母を追い詰めたくなかった。

母の部屋には古いタンス類もあり、何が入っているのか開けたことがないので判らないが、たぶん買いだめしたセール品だろう。中国製の花瓶敷きをまとめ買いした紙袋がタンスの上に乗っている。いくら安くても花瓶敷きはそんなに沢山要らないというと、名古屋の友達に配るのだと胸を張った。

一階の自分の部屋に下りてくると、ケータイが机の上で騒々しく跳ね動いている。岩島さんだった。

「あ、ごめん、今出掛けるところ。五分遅れる」

あくる日は早番だったので四時に家に戻ると、繁さんが素早くガラス戸を引いて出てきた。明日香ちゃん何もなかったか、と訊く。眉間《みけん》に一本、鋭く皺《しわ》が刻まれている。

「何のこと？　昨日母さん家に来たこと？」

「加寿子さん戻ってるんか？」

「いえ、用事済ませてもう名古屋に帰った」

「いま、この道に入ってきたところで、中年の針金みたいなオトコに出会わんかったか？」

「針金みたいな？」

「ついさっきまで、そこに居たんやで。気色わるい」

「うちに用事があったんかな？」

「いや、加寿子さんに会いたい様子だった」

「何やろ」

「こんな狭い路地や、ウロウロされると目立つ。何かこの家にご用ですかて訊いたら、高畑加寿子さんはここに住んでおられるかって、丁寧な物腰で訊いてきた。とっさに、はい、娘と一緒にと言うた」

「なんで」

「明日香ちゃんの一人住まいは危険すぎる。ええ機転やった」

「だって母さんは名古屋よ。何の用事か言ってなかったの？」

「真面目そうやったから、泥棒やない。それはわしにも判る。娘なら薬師寺に勤めとると余計なこと言うたのも、仏さんにつかえとることを、しっかり伝えときたかった」

「わかった、今度現れたら、母さんのことまでは面倒見られへんから、母さんに電話して名古屋の連絡先教えるわ」

　家に入ってスーパーの買い物袋を台所に置く。牛乳とカボチャが重かった。針金みたいなオトコというだけで、貧乏な印象だ。磊落《らいらく》で明るいお金持ちではない。興信所とか警察官とかも、痩せた身体に負の影が纏《まと》い付いている。けれど針金オトコに恐怖は感じなかった。ミステリアスな存在は興味がある。

冷蔵庫の野菜室に一週間も眠っているレンコンやゴボウを取りだし豚汁をつくる。昨日は岩島さんのアパートの近所でピザを食べた。岩島さんはベッドの中で、また、いいねいいねと言ったけれど、あれはもうあのときの口癖だから、こっちが慣れるしかない。いいねと言われると自分が骨董《こっとう》の壺《つぼ》になったような気がすると言えば、きっと行為そのものが影響を受けてしまうだろうから、我慢するしかない。

ゴボウをそぎ切りしているとき、玄関のチャイムが鳴った。開けると針金オトコが立っていた。針金のように細くはないけれど、繁さんが受けたイメージどおりだ。頭上でケイカイがクククと穏やかな声で鳴いている。

「こちらは高畑加寿子さんのお宅ですね」

右手に書類を持ち、黒いダウンジャケットの左肩にバックパックを掛けている。真面目そうという以上にどこか頼りなげな様子は、悪人には見えなかった。ぎりぎり三十代か四十代前半。

「あなたはどなたですか？　先ほど来られた方ですか？」

「はい、高畑さんから夢ほどきのご依頼があったので参りました。夢がほどかれたので、ご報告に来たのです。和歌山の紀美野町《きみのちょう》で蜜柑《みかん》の缶詰工場を経営している者です」

明日香は自分の間の抜けた顔を慌てて引き締めるが、オトコの言葉は何ひとつ理解できない。夢ほどき、母親が依頼、蜜柑の缶詰。

男はバックパックのジッパーを開けて名刺を取り出した。そこには確かに有限会社の名前があり、肩書きは社長となっている。

突然背中に恐怖が走る。これは何かの落とし穴か詐欺《さぎ》か。

「母が何を頼んだのですか？　母はいま、こちらに居ません」

「……そうですか……ご一緒にお住まいではないのですか」

素直に落胆がうかがえる。

「住所をお聞きしたとき、この奈良町の住所を仰ったし……電話でご報告することも出来ましたが、是非お目にかかってと」

「……良く解りませんけど。母は御願いしたお仕事に、まだお金を払っていないとか、そういうことですか？」

「いえいえ、お金は頂きません。最初からそういう話ではありませんで、私もこれは人様へのご奉仕ですから」

いよいよ怪しい。詐欺でなければ宗教の勧誘だろう。

「もう一度仰ってください、母が頼んだことって何ですか？」

男は困った顔になった。どうせ信じてはもらえないという諦《あきら》めの目だが、それでもきちんと説明しようと目をしばたたいている。

「夢ほどき、です」

「……ちょっと待っててください」

明日香は玄関のガラス戸を閉めて古い閂《かんぬき》を差し、ケータイを探し出すと母親に電話をかける。けれど留守録になっている。どうしよう。家の中に入れるのは危険すぎる。ならば明日香が外に出て話を聞くしかない。警察を呼ぶほどのことでも無さそうだし。

バッグを摑んで玄関に出てみると、男は直立したままそこに居た。

「ちょっと外で話を聞かせてください」

と先に歩きだす。男は黙ってついてくる。御霊神社の境内にベンチを見つけて腰を下ろした。ここならときどき人が通り過ぎるので大丈夫だ。今日は師走《しわす》にしては暖かいし風もない。名刺の名前を確かめた。

「林さん……に母が頼んだ夢ほどきって」

「あなたが娘さんの高畑明日香さん」

「はい、母が私の名前を言いましたか？」

「いえ、前の家の、怖そうな老人」

「繁さんです、畳屋で腕力はまだあります。畳をぶすぶす刺します……夢をほどかれるのですか」

「そうです」

「夢って、夜見る、あの夢ですか」

「はい。だれでも夢は見ますが、その意味が解る人間は少ない。ほどくのにも経験が必要です。私、二十代のころちょっとした過《あやま》ちを犯しまして、その前に夢で予言されていたのに、夢ほどきが出来ないままタカをくってしまい、過ちに至りました。知識さえあれば過ちを避けることが出来たのに……それ以来、人様のお役に立ちたいと、蜜柑工場のかたわら夢の研究をしてきました。夢はただの脳の作用だと言われますが、そこにしか現れることができない未来があります。もちろん、食べ過ぎて胃の具合が悪くて、悪夢を見てしまうこともありますから、そういう夢は放っておいても良い。けれど、きちんとほどいて真理を見なくてはならない夢もあります」

「母は自分の夢のことで、林さんに相談したのですか」

「はい、ある御縁があり、私を頼みにして相談して来られたのです」

「その夢とは、どんな夢なのですか」

「……ご本人の秘密に関することですから、他人には申し上げられないのですが、娘さんですしお話ししますと……鬱蒼《うっそう》と草が茂った中に蹲《うずくま》って胸の痛みに耐えている、という大変苦しい夢です。こういうとき不思議なのは、客観的な状況も意識できているのですね。その草の繁みから見ると、大樹の並木が真っ直ぐに通っていて、その行き止まりに、宮殿のような建物が見える。けれど痛みが激しくて、そこまで辿りつけない、という夢でした」

「……心筋梗塞の前ぶれとか」

「両方の乳房だそうです、乳房が人の頭ほども腫れて、やがて裂けて、中身が全部こぼれてしまいそうな痛みだそうで……裂けた乳房の中からウジ虫がどんどん出てくる」

明日香は身震いする。自分も同じ夢を見てしまいそうだ。けれど明日香の乳房は加寿子ほど大きくない。女性としての魅力はいまも加寿子の方が上だと思う。

「……それでその夢がほどけた……」

「乳癌《にゅうがん》です」

「え」

突然現実に引き戻される。

「母は乳癌のせいで、そんな夢を見たと」

「その可能性が大きいので、すぐに癌検診を受けるようにお伝えしたかった」

拍子抜けした。検診は良いことだけど、悪夢とは関係ない。

「でも、そんなことなら、電話で母に言えばよいことで、わざわざ和歌山から来て下さる必要は……」

「いえ、これも私に課せられた仕事で、直接お会いして告げなくてはならないのです」

「私からしっかり伝えます。癌検診に行くようにって。ともかく母はいま、こちらに住んでいないので……でもいつでも連絡はつきますから」

用事は済んだので、一刻も早く男と別れたかった。たぶん新興宗教だろう。どうして母がそんなところに相談したのかは判らない。

「……お母さん、こちらに住んでおられないなら、まだサクラに？」

立ちかけた身体がベンチに吸い寄せられた。

「……どうしてサクラのことを」

それは母が離婚する前に住んでいた名古屋の地名で、離婚後母は明日香を連れてその地を離れた。明日香が三歳のときのことで、明日香の父親はそのままサクラの家に住んで土砂崩れに遭って死んだ。

「……母がサクラの話をしたのですか？」

「いえ、それは夢ほどきの中で判ったことです。夢ほどきというのは、その夢に入り込んで一つ一つ闇の糸をほどいて行かなくてはなりません。そのとき、いろんなものが見えてきます」

「もう二十年も昔にサクラを離れています。他に何か、夢ほどきで見えてきたことがあるのですか？」

明日香はそのころの出来事を何も知らないのだ。母に訊ねてもはぐらかすだろう。知ったところで何にもならない。

「……いや、サクラという美しい地名が現れただけです」

「桜の花のサクラは真実ではありません。あとからの当て字で、本当は地滑りが起きやすいアブナイ場所なんです。私、地名の由来が好きで、調べてるんです」

言いつのったのは、動揺を隠そうとしたからだ。明日香の苛立ちが伝わったのだろう、「なるほど、それは知りませんでした」

男は立ち上がり、ではお母さんによろしくお伝えください、くれぐれもお大事にと言い、丁寧に頭を下げた。

その夜、母親に電話したけれど留守録状態が続いていたので諦めて寝た。朝は時間もなく、もし加寿子が電話に出たとしても娘の気忙《きぜわ》しさなど頓着《とんちゃく》せずに自分のことを一方的に喋るだろうと考えると掛けるのも億劫《おっくう》になり、それに昨日来た男の話も、一晩寝るとあまりに荒唐無稽《こうとうむけい》、本気で受け止めるのも馬鹿らしくなってそのままにした。

昼休み、暗く湿った冬空から何かが落ちてくる。小雨か粉雪かと首を折り曲げると、食事をした部屋のガラス窓を開けて弥生さんが手招きしている。干し柿を差し出し、デザートあげる、と言った。ありがとう。

「何か考え事しとった？」

「うん、ちょっと」

「彼氏のこと？」

「彼氏？」

「まあええよ、でも明日香さん、何かヘンやね」

何かヘンではあっても、何がヘンなのかは解らないはず。ちょっと大袈裟《おおげさ》に肩をすくめたあと、溜息に乗せて言ってみる。

「……弥生さん、夢ほどき、って聞いたことあります？」

「あるわよ」

それ何？　と問い返されるはずが、あっさりひと言を返されてしまった。

「フロイトとかが、そういうことしたんでしょ？」

「フロイトは、夢ほどきなの？」

明日香は、名前しか知らない。

「良く知らないけど、夢判断とかやった人だと思うけど」

「そうなんだ」

弥生さんは外国の本などを沢山読んでいる。けれど夢ほどきは、フロイトとは関係ないと思う。

「夢がどうしたの？　悪い夢見た？」

明日香はちょっと考えて、昨日の出来事を話した。男が自宅を訪ねてきて、母親の悪夢を〝夢ほどき〟して行ったことを話すと、からかい気味だった弥生さんの頬が急に白く引き締まる。

「……夢ほどき、って言葉は初めてだけど、夢は仏教では大事なのよ。見仏《みほとけ》体験って言ってね、法華経にも在るけど、修行した人間にだけ夢うつつの状態で仏の真実が伝えられる……その男の人、お金を要求しなかったんでしょ？」

「……しなかった」

「お母さんが癌かもしれないと」

「……言った」

「それ、お母さんにちゃんと伝えた方が良いかもよ。間違っていれば、それはそれで構わないことだから」

弥生さんの言葉が明日香の身体に染み込んだせいだろうか、それとも連絡を取ろうとしても母親が電話に出ないせいだろうか、明日香の不安は夜の深まりとともに大きくなった。


恋人とクリスマスイブを一緒に過ごすのが本物の恋愛なら、イブの前日の二十三日にデートするのは、やはりカタカナのレンアイでしかないのだろう。岩島さんのアパートにはイブの日に、高校が休みになった妹が友達を連れて泊まりに来るそうで、一日早いクリスマスイブを岩島さんが手料理でもてなしてくれることになった。岩島さんはもともとクリスマスを特別に考えていなくて、いつものデートのつもりだ。生牡《が》蠣《き》をスーパーで見つけて十二個も買ってきた。岩島さんが七つ食べて、明日香は五つ。レモンをたくさん垂らした。他にはチーズフォンデュとなぜかチャーハン。シャンパンで乾杯したけれど、雰囲気としては盛り上がらなかった。

いつものようにベッドに入った。岩島さんは、いいね、いいねと言ったけれど、明日香は良くなかった。お腹がごろごろ鳴り、耳の内側で激しく心音が打ち続けた。生牡蠣がこたえたのかもしれず、チーズフォンデュとシャンパンの取り合わせがまずかった可能性もある。終わって寝返りを打つと、心音は反対の耳でも膨張した。まるで耳が心臓になったようだ。岩島さんは軽い寝息を立てている。

明日香も眠る努力をした。背中は冷たく、身体の前面ばかりが火照る。寝入ってはいない、と自分でも判っているが、目覚めてもいない。

薄く目を開けると、母親が草原に埋もれるように身体を丸めて蹲っていた。明日香が声をかけると、首をねじ曲げて泣きそうな顔で娘を見る。痛いよう、痛いのよここが、と自分の胸を抱きしめて言う。見詰められると痛みが伝わってくる。

明日香にはこれが夢だと判っているので、母親を哀れに思いつつも冷静だ。あまり相手をすると自分も草原に呑み込まれるだろう。それでも心は動く。母親から目を逸らして風が来る方を眺めると、高い木々が整然と直線に並んでいる先に宮殿が見えた。

これは母親が見た夢だ。あの男に夢ほどきを頼んだ悪夢に違いない。ということは、自分にも夢ほどきが出来るのだろうか。

あの男は人の頭ほどに膨らんだ乳房と言ったけれど、母親の胸はそんなに大きくはなっていない。これからどんどん膨らむのだろう。痛みも強くなって行くのだろう。見下ろしながら明日香は焦っている。母の胸が裂けてウジ虫が這い出して来る前に、何とかしなくてはならない。

母親に近づくと、ここ、ここ、と乳房を指さし、明日香が撫でると、一瞬痛みが退くようで、表情も和らいだ。ごめんね明日香。私が悪い。許してね。そんな意味のことを嗄れた声で呟くので、明日香は途方にくれ、大きくなりかけた乳房を黙って揉んでやる。

明日香の指にひっかかるものがあり、指先に何かが触れた。白い乳房の中からウジ虫が出て来たのだ。母親の悲鳴が鋭く流れ、ウジ虫は明日香の指から手の甲へと這い上ってくる。たすけて！　母さんをたすけて！

どうしたの？　大丈夫か？

岩島さんの声で目が覚めた。岩島さんが仏様に見えてしがみついた。タオルを持ってきて、明日香の顔や首を拭いてくれる。

「母さん母さんって、呼んでたよ。何があったの？　話してごらんよ」

何でもない、牡蠣がお腹の中で悪さをしただけ。もう大丈夫。メリークリスマス。

あんな夢を口にすると、もっと悪い夢を見そうだった。


加寿子と連絡がついたのは二日後だった。どうして電話に出なかったのと問えば、マナーモードにしていたのを忘れていたとの返事で、母親がマナーモードにする状況が想像できない明日香は、それがまた不安をそそった。接客中の電話でも、平気で大きな声で話すのが加寿子だ。薬師寺に現れた加寿子も、加寿子らしくなかった。

「この前ね、林というヘンな人が来たよ。夢ほどき、とかを母さん頼んだんでしょ？」

「……ああ、そのことね」

やっぱり頼んだのだ。ということは、あの悪夢を見たのも本当のことだろう。

「……母さんの住所が奈良町になってたから、わざわざ和歌山から知らせに来たのよ。名古屋の住所を言えない相手だったの？」

「うん、まあね。わざわざ来たの？」

「親切そうな人だった」

「だから困るの」

意味が解らないけれど、夢ほどきを頼んだのなら、母さんの方から連絡を入れてよと言うと、黙っている。そして力の無い声で、あの男に会いたくなかったのよと言う。

「だって、頼んだの母さんでしょ？」

その質問にも答えない。明日香は林の姿を思い出してみる。母親と何かの繋がりがあった男なのだろうか。

「……ともかく母さんに会って伝えたい様子だった。もう一度連絡先を言おうか？」

「言わなくていいよ。それより、何て言ってた？　夢ほどきのこと」

「胸が大きくなって痛くなって……あの悪夢は本当なんでしょ？　林さんの夢ほどきでは、乳癌の可能性があるって。それを言うために、わざわざ奈良町まで来たのよ。信じられないよ。ただの夢でしょ？　私もこの前牡蠣食べて、へんな夢見ちゃった」

明日香は母親の母親らしくない様子に、はっと気付くことがあった。

「あの男、夢ほどきを口実に、母さんに会いに来たのかもしれない。母さんはあの男に頼み事しておきながら、会いたくないのね？」

ふたたび沈黙。いつもの加寿子なら明日香の何倍も言い返してくる。体調が悪いのだろうか。

「……でも、気にしなくていいよ、そんな夢でいちいち乳癌を疑われたらキリがない。

迷信以前。これで壺《つぼ》を売りつけたりしたら警察行きだよ……」

「癌だったのよ。左の乳房のしこり」

明日香に、真っ黒な雲が落ちてきた。

「……この前薬師寺に会いに行ったでしょ？　あれ、病院で結果を聞いたあとなの……ちょっとあんたの顔を見たくなって。二週間前に悪い夢を見て、あの男に夢ほどきを頼んだものの、やっぱり病院で診てもらう方が確実だと思って……あはは、夢が当たってた」

黒い雲はどす黒い渦になり、鼻や喉に入り込んでくる。息苦しくて片手で口を塞ぐと、さらに呼吸が辛くなった。声が出ない。

「……でも初期だから治せるって……」

「そう」

明日香は簡単な返事しか出来ない。加寿子は閊《つか》えていたものを吐き出したように清々しい声になり、名古屋に良い病院が見つかったので治療を始めるのだと言う。手術になるかもしれないそうだ。忙しいからまたゆっくり話すね。

いつもの母親らしく、重い不安を明日香に背負わせておいて、自分は吹っ切れた様子で電話を切った。

手の中のケータイを見ながら、あの日薬師寺に来た加寿子の、衰えた後ろ姿を思い出した。検査結果を聞いて、明日香と話したかったのだ。胸の底が炭火を置かれたように痛んだ。

夢ほどきを頼んだ林という男と、加寿子の関係も見当がつかない。特別の能力を持っている林のことを以前から知っていたにしても、加寿子は病院に行く前に、わざわざ相談したのだ。悪夢で気弱になっていたにしても、それほど頼りにしているなら、今の住所を教えないばかりか会いたくないというのも不自然な気がする。

サクラ、という地名をあの男は口にしたが、加寿子の夢に入り込んでその地名を知ったというのは本当だろうか。

二人がどういう間柄であれ、あの日、加寿子に一刻も早く検診を受けさせるように言った様子からは、検診結果を加寿子から知らされていなかったのは確か。あの男の夢ほどきは当たっていた。残念ながら、当たってしまったのだ。

夜が来たが、明日香は眠るのが恐い。まだ加寿子は起きているだろうと電話すると、カラオケのような騒々しい音を背景に、なに？　なんか用事？　と突っぱねる声。何でもない、飲み過ぎないでね。

乳癌だというのに、どういう神経だろうと怒りが湧いてきた。加寿子も眠るのが恐いのだろうか。悪夢からいっときでも逃げていたいのだろうか。ならば自分が引き受ける。胸の破裂でもウジ虫でも何でも来い。

ベッドで目を閉じる。

数秒で飛び起きた明日香は、本棚に向かって走った。あれだ、あれだ、夢はあの縁そっくりだと、記憶の底の小さな亀裂から水が湧き出すように……母親の病気というショックが無ければ、もっと早く思いついていたはずだ……

棚の上の日本霊異記に手を伸ばす瞬間、明日香は自分の背後に気配を感じる。千二百年間、生き続けてきた得体の知れないものの気配。特別の魂のような、真理を教える強い力を持つ存在。何だろうこれ。明日香だけをターゲットに、事件や事故を起こし訴えてくる何かが、確かに背後にいる。明日香を頼って現われるのかもしれない。雷丘《いかずちのおか》で雷神に頼みごとをして以来、この感覚は一層強くなった。

ぶ厚い本を持ち上げる手は、明日香の手ではなかった。千二百年生きてきたものが、明日香の手に乗り移っていた。

どの縁だったかな。

明日香はページをめくり、下巻の第十六縁で指を止めた。これだ、この場面だ。まさに夢見の話。他に面白い縁がたくさんあるので、自分とは関係が無いと読み流していた。

「女がみだりに男と情交し、子を乳に飢えさせたために、現世で報いを受けた話」

生まれつき多情で誰とでも情交してしまう女が、若くして死んでしまったのちも、仏道修行を続ける法師の夢に出現して、苦しみを訴える。その女は男との性愛に夢中になり子供に乳を与えなかった前世の報いで、両の乳房が腫《は》れて竈《かまど》のようになり、膿《うみ》がでて痛い痛いと苦しんでいたのだ。

女が蹲り呻《うめ》いている場所は、斑鳩《いかるが》の聖徳太子の宮殿前を東に向かう一本道。広さは一町もあり、あたかも墨縄《すみなわ》を引いたように真っ直ぐだと書かれている。あたりには木や草が生えていて、その草むらの中に、女は肌もあらわに身体を丸めて、呻き声をあげていた。

明日香が夢で母親を見た場所も、いま思い起こせばまさにその通りで、母親が苦しむ姿も霊異記の中の女そっくり。膿の代わりにウジ虫が出てきた違いがあるのは、林が加寿子の夢をそう伝えたせいだろう。

斑鳩の聖徳太子の宮殿というのは、現在の法隆寺東院の地にあって、宮殿前の広さ一町の真っ直ぐな道は、あの大樹の並木が鬱蒼《うつそう》と影をつくる通りだというのはすでに常識になっている。

夢の中で女は法師に、この罪から逃れる方法を問う。法師は、乳を与えず飢えさせた子供に会い、夢で見た様子を語る。子供は母親があの世で苦しんでいるのを知り、母親の罪を償うために仏像をつくり写経などをする。

ふたたび法師の夢に現れた女は言う。今はもう私の罪は償われました。

千二百年昔も、赤ん坊に乳を十分に与えないと乳がたまり乳腺炎になったのだろうし、母親が赤ん坊に乳を与えなければ、粉ミルクが無い時代だから、赤ん坊は飢えるしかなかった。まだそんな経験がない明日香だが、それぐらい見当がついた。当時は母親としての役目と女の快楽は、今よりはるかに両立が難しかったのだろう。

つまりこの縁は、女の快楽より母親としての子育てを優先させなさい、さもなくばあの世に行ってまで乳の病で苦しみますよ、という教えなのだ。

あの世での苦しみを、現世に居る人間が解放してあげられるのは、夢見という特別の能力を持つ法師だけで、法師は御仏の真理を伝えるだけでなく、あの世とこの世のパイプを往き来する役目も果たしたわけだ。で、そのパイプが夢。

明日香は重い本を棚に戻し床に座り込む。修行や仏道とは無縁の自分だが、もしかしたらそんな役目を与えられているのかもしれない。ぶるると震える。いや、それは思い過ごしだろう。

いち、にい、さん、で勢いをつけて振り向いたが誰もいない。母親はまだカラオケで歌っているのだろうか。その胸に巣くった癌はどんな大きさなのだろう。母の乳癌は、夢ではない。


「ここ、もう紀の川市だ。そろそろ424号線に入りますよ」

「……案内板が出てるはず」

明日香は地図を片手に、フロントガラスに顔を寄せる。

「あった。その先を左折」

「了解」

24号線と大和街道は同じだと言う岩島さんと、いやそれは違うという明日香が言い争いになったが、どうやら岩島さんが正しかったようだ。岩島さんが正しいなら、24号線につかず離れず沿って流れていた川は紀ノ川ということになる。女は地図が読めない、とどこかに誰かが書いていた。悔しいけれどそうなのかもしれない。

424号線に入れば、紀美野町まで真っ直ぐ行って左折だ。

明日香は林の名刺を取りだし、住所を確かめる。いきなりの訪問で、どんな顔をするだろうか。けれど林が奈良町の家を訪ねて来たのも突然だった。突然の方が良い場合もある。

「……その夢を見たんは……間違いなく二十三日なんやな？」

岩島さんがハンドルを握ったまま遠慮がちに訊くので、明日香も小さい声で答える。

「二十三日よ。あのとき、牡蠣食べたでしょ？　恐い夢を見て、岩島さんに起こされた」

「起こしたかな」

「クリスマスイブの前の日。岩島さんのところへ泊まった」

「うん。それは覚えてる」

「だから二十三日。霊異記の夢見も十二月二十三日。これは偶然なんかやない。何かある」

「偶然だよ、二十三日がええ言うたんは僕やし」

「それは関係ないよ……岩島さんも巻き込まれた……意図された偶然は偶然なんかやないのです。それに……」

「わかった。偶然やない証拠がいくつもあるしな」

「岩島さん、ぜんぜん理解してない」

これ以上言うと、また喧嘩になりそうだ。モモちゃんの事件で、この世には科学を超える現象があり、しかも明日香の回りで頻繁《ひんぱん》に起きるということを理解してくれたはずなのに、岩島さんは男なので、科学的な考えが染み付いているせいか、なかなか信じてくれないのだ。

霊異記でこの縁の救世主は、紀伊の国名草の郡能応《のお》の寂林《じゃくりん》法師と書かれている。名草の郡ってどのあたりだろうと、憑《つ》かれたように古い地名を調べてみた。今の和歌山県海草郡あたりだと霊異記の解説にはある。和歌山市にも名草という地名があるけれど、もし海草郡の方だとすると、名草というのは海草のことだろうか。

あれこれ連想が働いて興奮したまでは良かった。興奮ついでに、和歌山県から訪ねてきた男の名刺を取りだした。そのあたりから迷路に取り込まれた。

あの男の住所は和歌山県紀美野町野上とある。さっそくケータイで紀美野町を検索。どうやら紀美野町は新しく合併して生まれた町のようだ。

この町名に明日香はピンときた。もしかしたら、あの方法で新しい町名が出来たのではないかしら。合併する地区から一字ずつ寄せ集めて新しい名前にするという、歴史無視の乱暴な妥協の産物。かつては紀と美と野がつく地名が別々に存在したのではないか。紀の字は紀州の意味だとして、野上村とか野上町が過去に在り、野の一字を献上して紀美野町とした。良くあることだ。

明日香の勘は当たっていた。さらに調べていくと、かつては野上町が存在していたのだ。けれど今は野上の地名はない。不審に思って紀美野町役場に問い合わせてみたけれど、野上の地名は紀美野町には存在しないという返事だった。

名刺に印刷された野上の地名は架空、ということになる。

男にとってよほど執着のある地名なのだろう。そもそも紀美野町に、缶詰工場が存在しているのかどうかも怪しくなった。

野上はノガミと読むか、ノカミと読むのが一般的だろうが、ノウエと読めば、能応《のお》の音読みに重なる。地名はしばしば、そんな風に音読みの当て字で変えられてきた。能応という漢字の意味は、応じる能力だから何となく高級だし、野上も野という下々の意味より上を表していそうだし。もしノカミなら神の意味も含まれる。能応の神がノカミになったなら、これは最強の地名だ。いろいろ変化が加わり、例の法師の出身地である紀伊の国名草の郡能応の里とは、あの男の缶詰工場があるはずの和歌山県紀美野町野上かもしれない。

そのときの明日香は地名にばかり関心が行っていた。

名刺の住所から肩書き、さらに名前までを目でなぞったとき、寂林法師と林缶詰工場……林という一字が目の前に立ち塞がり、夢ほどき、の言葉が暗雲のように湧いて明日香にぶつかってきた。

明日香はパニックになって岩島さんのケータイに電話した。そして叫んでいた。出た！　出たの。霊異記の妖怪が出た！

もちろん、林社長は妖怪ではなかった。あの針金男は、寂林法師の名前など聞いたこともないだろう。霊異記など読んだこともないはず。

けれど何気ない顔で、どこにでも起きる偶然の出来事に寄り添い、ふと気づくと明日香の傍に忍び寄っている妖怪が居る。明日香の身の回りに、たしかに居る。

「……紀美野町に野上は無いけれど、集会場とか中学校とか、町工場には、その名前が在ったよね」

「うん、町村合併する前は、そのあたりが野上町の中心だったはず。名刺には野上、に続く番地が無いのがヘンやけど」

「だってなあ、野上という地名が無いんやったら、番地もあるはずがないよ」

車の中のやりとりは、ぎこちない。折角のお休みに、和歌山県まで運転してもらう心苦しさもある。

「岩島さんて、やさしい」

明日香の顔を覗き込むやさしい人。けげんな目で噴き出しそうにしている。

「千二百年昔の妖怪が現れたら、一緒に闘ってね」

「それはダメ。僕は平和主義者やし、妖怪とも仲良うします」

とりあえず野上中学校まで来て、さてとどうするかだ。校庭から出てきた男子生徒に聞いた。このあたりに、蜜柑の缶詰工場はありませんか？

「林缶詰ですか？」

「それです、林さんです」

妖怪発見は意外に簡単だった。中学校からの行き方も判りやすかった。小高い丘に向かって上がれば良い。蜜柑畑は日当たりの良い丘と決まっているではないか。

助手席の明日香は、自分の胸を抱きしめた。ボリュームの無い胸が手の平に触れた。林缶詰工場は殺風景で清潔な印象だ。トラックが三台停まっているが建物の外に人の気配はない。裏手に事務所がある。岩島さんには車で待っていてもらい入って行った。年配の女性と青い作業着の男の人が驚いた顔で立ち上がり、明日香を見た。驚きすぎた顔はのっぺらぼうだ。あ、と女性が声を出し、男の人も同じ声を出す。明日香は動けなくなる。幽霊でも見たような二人の目。

本当だ！　と女性が叫ぶと、男性は咽《のど》の奥で空気を激しく呑み込んだ。

「……こんにちは。こちらに林社長は？」

明日香が問いかけてようやく、二人は我に返り、ああ、居りますが、今、海草小屋です。

工場では何人かの人間が働いているのかもしれないが、事務関係は、この二人だけのようだ。狭い部屋の窓際に、広めのデスクがあるのは社長用だろう。

「……海草小屋って？」

「その径《みち》を上がって行ってもらえばわかります」

女性が窓の外を指さした。細い草道が山に分け入っている。

「あの、今日お見えになることを、事前に社長に知らせてあったのですか？」

「いえ、お留守なら仕方ないと覚悟を決めて……ご連絡せずにいきなり来ました」

明日香の声で、二人は腰が抜けたように椅子に落ち込む。

「……どうかしたのですか」

二人は顔を見合わせ、今度は男性が口を開いた。

「社長は昨夜、若い女性が訪ねてくる夢を見たそうで……この事務所に顔を出すのは運送会社の男ばかりですから……おれたちは社長をからかって……けど、本当だったんだ」

明日香は笑う事が出来ず、そうですか、と言い目を伏せた。

「海草小屋に、行ってみます」

手押しの一輪車の轍《わだち》は、白くくっきりと草道を削り、線となって這い登っている。左右の段々畑には蜜柑の木が広がり、実をつけた木も収穫の終わった木もあった。小春日の陽が降ってきて背中が溶けてしまいそうだ。息まで蒸れて熱くなった。

海草小屋はプレハブの壁の上にスレート瓦を乗せた簡素なものだったが、ガラス窓も開いていて農作業の休憩場所になっているようだ。

入って行くなり、これが海草小屋……と明日香が呟く。そう呼んでいるだけです、昔は近くまで海だったんでしょうな、海草を干して肥料にしました。今は私の庵《いおり》です

……良く来られました、と男が言った。

夢の予言が当たったみたいですね。事務の方が驚いてましたよ。

男は椅子をすすめ、ウーロン茶のペットボトルを明日香の前に置いた。椅子が二つと小さな丸いテーブル。壁には農作業用のカレンダーが貼ってあり、救急箱の傍にブランデイのボトルも置かれている。八畳ぐらいの広さで、庵のイメージにしては広いけれど、干した海草を詰め込めばかなりの分量が可能だろう。

母は……やはり癌でした。検診を受けてはっきりしました。夢ほどきの結果を、奈良町まで伝えに来てくださったことも母に話しました。ご親切にと、感謝していました。

男の尖《とが》った顎がゆらりと動いた。

感謝は明日香さんの付け足しでしょう。

はい、すみません、付け足しです。

困ったときにはですな……縋《すが》れるものには縋る……縋られた方はほうっておけなくなる……それだけの魅力がある人でしたから加寿子さん。

……母とは、どういうご関係だったのですか？　母は、悪夢と胸の異変で混乱して、あなたに縋り付いた……ということは、昔からのお知り合いだったのですか？

加寿子さんは、何か言っておられましたか？

いいえ、自分の病気で手一杯……娘の私もどうしていいのか……でも、初期なので治療すれば大丈夫だそうです……住まいは名古屋ですが、良い病院もあるそうです。

カラオケの話はしなかった。夢ほどきを頼んでいながら男に会いたくないと言ったことも黙っておこう。でもきっとバレているのだろう。夢見ですべてお見通しかもしれない。

こうしてあなたに会いに来たことも、母には言わないつもりです。母のことは、知らないことが多いです。病気になって、何も知らないことに気付きました。私が三歳のときに両親は離婚して、父親はサクラという土地で土砂崩れで死んだ。母のことをもっと知りたい、でも直接訊いてもきっと言わない。……すごい昔の本を読んでいると、あなたのような夢の専門家が夢を解《ほど》いて、あの世とこの世に別れた母子の断絶を救ってくれたことが書かれていました……

日本霊異記の縁の再現などと言っても不審に思われるだけだろう。明日香は両手でペットボトルを握りしめる。一口飲むと身体が内側から弛《ゆる》んできた。

……奈良町でお会いしたとき、サクラという地名は花の桜ではなく、地滑りの意味だと明日香さんは言いましたね。

はい。

でも、文字通り桜の名所だったんです。古木が川に沿ってずっと並んでいて、それはそれは見事な場所でした。そうだ、この写真を見てください。川面にまで枝が伸びて……すばらしい桜並木でした。

男は海草小屋の、日射しが届かない壁に貼られた写真の前に明日香を連れていく。A4ぐらいの大きさに引き伸ばした花盛りの桜の大木。その前にもつれるように身体を寄せた男女が写っている。男はすっきりとした細面で額が白く、目は照れて笑み、女はニットのワンピースの胸を大きくはだけ、胸の谷間に落ち込むように長いサンゴのネックレス。ウエストは丸くくびれワンピースの裾は短く、男の右足にハイヒールの足を絡ませているので、膝から太股のラインがニットから浮き上がっている。悪ふざけの一瞬。けれど男の無防備でだらしないほどの幸福感と、女の開放的な高揚が、満開の桜の前に溢れていた。花びらを散らしているのは、男の肩から立ち上る体温と女の嬌声《きょうせい》。二人とも無邪気だから余計淫《みだ》ら。

明日香の絶句を受け止めて、男は静かな口調になった。

……夢をきちんとほどいて自制していれば、あんな間違いからは逃れられた。この写真そっくりの夢を、私はこの女性に会う前に見ていましたからね。この女性と深い関係になり、一生後悔することになるとお告げが出ていたのに、私は侮《あなど》った……この女性の華やかさと明るさに目がくらんだ。私は父親の小さな蜜柑園をこの会社にまで育てたけれど、結婚はしませんでした。この海草小屋で、他人様から頼まれる夢ほどきで社会にご奉仕している身です。この部屋でなければ夢がほどけない……

……今も細身でスマートですが、この頃も背が高くて格好良かったんですね。でも、この写真のシャッターを押した人、誰ですか？　二人ともとても自然な笑顔ですね……

写真を撮ったのはあなたのお父さんです。

そうですか、やっぱりそうですか……この女の人も、こんなにキレイなころがあったのね。

明日香は若さではち切れそうな加寿子の笑顔に見入る。無邪気な信頼関係が満ちた空間。その手前に、カメラを構える父親がいたのか。

お父さんが土砂崩れで亡くなったのは確かです。そのときはもう、この女性に別の男性が現れて、私は振られてましてね。離婚の原因をつくっただけで、まことに情けない話です。ただ男なら誰だって、彼女のように男の気持ちを浮き立たせてくれる女性には負ける。散々惨《みじ》めな思いをしながら、頼られればやはり助けてしまう。何をやっても恨まれないのは、この女性の人徳でしょう。

明日香の目は素早く写真の日付を見つける。写真は引き延ばされ薄くなっていたが日付は読み取れる。明日香が二歳になった四月だった。

……もしかしたら私、この桜を見ていたのかもしれない……シャッターを切る父親の足元で……

明日香の声に、男は何も答えない。

ともかく、初期でよかったですね。お大事にと伝えてください。それから……

男は言い淀《よど》んだ。

私に出来ることがあれば、何でも言ってください。

母にそう伝えて欲しいのか、それとも明日香に頼んだのか判らないひと言をそのまま呑み込んで、明日香は深くお辞儀をした。

白い手押し車の轍を踏んで丘を下りながら、あの霊異記の縁を反芻《はんすう》した。あの女の乳の痛みは、因果のあることなのだ。因果は繰り返され、千二百年後にもこうして現れるのだと。

桜の木の前の加寿子が、目に焼き付いている。美しくセクシーだ。今よりずっと胸も大きかった。けれど霊異記の縁のように、娘に乳を与えず飢えさせたわけではない。天罰を受けるほどの悪事ではない。加寿子の魅力が災いしたのだ。娘が知らないもっと別の母親がいるのだろうか。すべては娘から見た幻の母親なのか。空が霞んでいる。海の方角から海草の匂いが這い登ってくる。大昔はともかく今は海草などあるはずがないのに。

車に戻ると、岩島さんは眠っていた。フロントガラスから乳白色の陽光が射し込み、季節が冬だということも忘れてしまいそうだ。

　明日香がノックすると起き上がった。

「ああ、眠ってしまった。林社長には会えた？」

「うん、ちゃんと会えたし、話も出来た。岩島さん、いま夢見なかった？」

「いま？　車の中で？」

「そう、たったいま」

「いや、どうだったかな、忘れたな。でもどうして？」

「……さすがに林社長は、夢の専門家やった……もしかしたら、この場所はホットスポットかもしれない思うて」

「僕は才能なさそうや。夢の才能は無いけど、誠実勤勉に勉強する人間やから、霊異記の母親と娘の説話は読みました。でも、法師は出てこんかった」

「どこを読んだの？」

「最初の方に在ったやろ？　上巻の二十何番目かに」

「違います、私の話は下巻に在って、母親が子供に乳を与えんで飢えさせたから、あの世に行ってまで罰を受けて苦しむいう縁です」

「いや反対で、娘が母親を飢えさせて、罰を受ける。娘の胸に釘が刺さって死ぬ……」

車が走り出した。来た道を戻ればいい。道は奈良まで続いている。けれど、岩島さんの話は行き先が見えない。

「あ」

明日香が声を出した。

「思い出した？　親不孝な娘の話ですよ。だから死ぬのは娘の方」

「違うの……それは違う縁……」

明日香もじわじわと岩島さんが読んだ縁を思い出した。家に戻って確かめてみるけれど、上巻にそんな説話があった。確かにあった。母親は娘に食べ物を請うが、娘はつっぱねる。その夜、娘は胸に釘が刺さって死ぬ。岩島さんは上巻から読み始め、母娘がテーマで胸が痛む話を発見し、この縁だと思ったのだろう。

「どうしたの？」

「……何でもないよ……確かに似たような縁がいくつか在る……でも、岩島さんが読んだ上巻のその話ね」

「……娘は多少無理してでも、母親に食べ物を与えれば死なずにすんだってことですね。しかしあのころの母親と娘の関係も、母性神話と親子愛で問題無し、とはいかなかったんや。だからこういう説話が必要になった」

岩島さんの解説など、明日香のアタマには入らなかった。明日香は思い出していたのだ。あの日、突然薬師寺に現れた母親は、資料館の近くのハヤシライスの店でご馳走して欲しいと娘に頼んだ。これまで無かったことだ。明日香は母親の滅多にない頼みを断った。母親は乳癌の検診結果を知らされ、娘にも断られ、すごすごと名古屋に帰って行った。

「……明日お休みをもらって、名古屋に行ってこようかな。母さんの好物の柿の葉鮨《ずし》持って」

ハンドルを切りながら岩島さんが明日香の横顔を見た。

「明日香ちゃん、急に大人になった印象やな」

「そうかな、あの法師さんがいろいろ教えてくれはったしな」

「法師さんは出てこんかった」

「いや、出てくるのよ下巻には」

「いろいろ教えてくれたんは、法師やのうて林社長やろ？」

明日香は答えず、このあたりには海草が沢山埋まっているのだろうと窓の外を見た。

地名は歴史を語ってくれる。その続きに、以前なら想像もしなかったことを思いついた。夢見のベテランである寂林法師は、肌もあらわに苦しむ女の夢を見たとき、救済することしか思い浮かばなかったのだろうか。それとも吉祥天女に邪淫する修行者のような心地も覚えたのだろうか。

フロントガラスの日除けを下ろし、小さな鏡を覗き込むと、大人びた表情の女が額に汗を浮かべて、見返している。

# 西大寺の言霊

このところ奇妙なことが起きている。自分が変になったのかもしれない。八角形のモノに目が吸い寄せられてしまうのだ。

明日香が自転車で通る道に「八角中華」がある。間口の狭い出前専門のお店だ。これまで気にもならなかったのに、最近八角形の看板に見つめられている気がして、あやうく自転車を電柱にぶつけそうになった。

その前の日は、岩島さんのところでラタトゥイユを作ったのだけど、ズッキーニを切っていて、ううっと呻《うめ》いてしまった。どうした？　手を切った？　と岩島さんが心配してキッチンに走ってきた。ズッキーニの断面がほぼ正八角形だったのだ。岩島さんに、これ、八角形のズッキーニだよ、と言うと、変な声出すから心配したよ、と取り合ってくれなかった。

別の日、テレビを見ながら居眠りをしていて夜中に目が覚めたら、見ていたはずのない八チャンネルになっていた。居眠りしながらリモコンを押してしまったのだろうか。けれど翌日も同じことが起きた。リモコンが壊れてしまったのかもしれない、と数字を順番に押してみたが、壊れてはいなかった。

薬師寺でお札《ふだ》を買ってくれる人を数えていると、必ず八人目が子供か子供連れだった。どうかしたの？　と弥生さんに言われて、子供がお札を買うのっていじらしくてカワイイですね、などとごまかしたけれど、その日はずっと数え続けて、仕事を終えたときは気持ちがへとへとになっていた。

弥生さんはごまかせたけれど岩島さんは明日香の異変に気付いて、このところぼんやりしてるね、何考えてるん？　と指摘されたので、八の数字が押し寄せてくるのだと白状した。

「それは何か良いことが起きるいう前兆や」

岩島さんはいつもの倍の明るさで言った。

「そうなのかな、でもうちのアタマん中、八の数字で一杯になりそうで気持ち悪い」

「薬師寺に勤めとるのに、そんなこと言うたらバチが当たるんと違うか？　玄奘三蔵《げんじようさんぞう》院伽藍《いんがらん》の玄奘塔は八角堂だよ。興福寺にも法隆寺にも八角堂はある」

確かにそうだった。法隆寺の夢殿は八角のお堂だ。岩島さんは玄奘三蔵会大祭の伎《ぎ》楽隊《がく》になってお祭りに参加していたのだった。

「……仏教では縁起の良い数字のはずやし、八正道《はつしょうどう》いう言葉も聞いたことがある」

そんな言葉は知らなかったので仕事の合間に弥生さんに訊ねてみたら、確かに仏教の言葉に在るそうだ。

中国の易経では陰と陽を組み合わせることで八卦《はっけ》という言葉が出来て、宇宙の成り立ちを説明しているとも教えてくれた。明日香にはそんな知識は無いけれど、お寺と八角堂は馴染みが良いのは判る。

けれど名古屋の母親が、八天堂のくりーむパンを送ってくれたとき、パンを包む紙の表に正八角形の商標が印刷してあり、それが五個も並んでいるのに出くわして、五つの鉄砲が自分に向けられているようで思わず身体を退《ひ》いてしまった。母親に電話すると、デパートの食品売り場で、急に贈りたくなったのだそうだ。

脅かさないでよ、と怯えた声で言うと、もちろんその意味は通じなくて、抗癌剤治療がうまくいってるの、癌はもう怖い病気じゃなくなったね、と不自然なほど溌剌《はつらつ》とした声が返ってきた。

八角は縁起が良いのだ。

しかし世の中にこんなに沢山の八角形があったのか。自分は特別八角形が好きではない。三角や四角と較べると八つの角は尖っておらず、円に近いので穏やかではあるけれど。

良かったね母さん。そのうち癌も消えるよ。

そう言って電話を切った手で、こわごわくりーむパンを食べた。

やはり自分は、敏感になりすぎている。誰もが喜ぶカタチなのだから、押し寄せてくる八の数字を、吉兆だと考えていれば良いのだ。

休みの日、繁さんがケイカイのエサを持ってきて、クスノキの天辺に向かって声を張り上げている。

「ケイカイ！　煮干しだぞ！　降りて来い！　そのあたりで騒いどるのは腹が空いてるからやろう。ばあさんからせしめて来てやった」

明日香の顔見たさなのは判っている。そういうときは必ずケイカイに用事があるふりをしてやってくる。

「どうしたん繁さん。煮干しなら昨日やったよ。奈良漬けの瓜の尻尾と一緒に全部食べて、よろよろ飛んで行った。カラスもお酒に酔うんだね」

「あいつもそろそろトシやから、酔わせると認知症になる。奈良漬けはやめとけ」

繁さんは奥さんにお酒を制限されている。お酒が認知症を引き起こすなんて聞いたことがない。ケイカイは甘酒も酒粕も好きだ。

甘酒が井戸の蓋にポツンと一滴落ちた、と思ったらケイカイの糞だった。高い枝が揺れている。

「繁さんどうかしたん？　ケイカイの知恵を借りたい事件でも起きた？」

「ああ、ちょっとな。非科学的な話や」

繁さんは非科学的な出来事が大好きで、そういう繁さんを明日香は大好きなのだ。

「何？　幽霊が出た？」

「明日香ちゃんは通俗的な発想しかせんのやなあ。まあ、幽霊いうてもええかもしれんけど。いや、やっぱりあれは幽霊なんや」

「どこに出た？　この奈良町ならどこでも出そうやけど」

「いや、ここら近所と違う。八尾《やお》市の八尾木《やおぎ》や」

ヤオとかヤオギとかの言葉が八の字になって目の前に現れたとき、明日香は全身から力が抜け、座り込みそうになった。

「どないした？　明日香ちゃん」

繁さんは驚いて顎を突き出した。

「……あの八尾市？」

「ああ、河内《かわち》の八尾市や」

大阪府の中でも独特の風土というか、歴史を持っていて、賑やかな盆踊りで知られている河内。けれどいま、河内が問題なのではなく、八尾市八尾木の名前が明日香を息苦しくさせている。

「……そこにヘンなものが出た？」

「うん、出たらしい」

繁さんの説明だと、「大阪の八不思議」という地元の局が作った番組を見たのだそうだ。

「七不思議やのうて、八不思議？」

「そうや、八つめがその八尾市八尾木の超常現象や」

やっぱり八は良いことばかりではないのだ。明日香の呼吸は浅くなり、アタマも痛くなる。

「……その話は、またにするか？」

「いや、今話して。八尾市八尾木の八つ目の超常現象」

「それが超常現象と言うほどのことでもないんやけどな」

「……ごちゃごちゃ言わんで、早《はよ》う話して」

番組で扱われた出来事とはこうだ。

八月の暑い日に、近くの配送業の車が老人の男女をはねてしまった。路地からふわりと現れた二人は支え合って歩いているように見えたので、スピードを落として通り過ぎようとしたのだが、突然二人の身体が車の前に迫り出してきた。運転手は急ブレーキを踏んで運転席からとびだした。確かに人の身体にかなり激しく当たったと思ったのに、二人は何事も無かったように神社の中へ消えていった。大丈夫ですかと声をかけたが返事はなかったし、振り向きもしなかったという。

同じようなことが全く同じ場所で、前の年の八月にも起きていた。そのときは中学の教頭さんがマイカーを運転して勤務先に出掛けるときだった。老人男女をはねた、と思ったが二人は何も無かった様子で消えて行ったのだという。教頭さんは心配になり警察や病院に問い合わせたけれど、交通事故の報告は無かったそうだ。

「老人男女」

「テレビ局が捏造《ねつぞう》しとるのかもしれん。けど、真面目そうな教頭先生がカメラに向かって、男の方はかなりの歳だったと言い、配送業の運転手も頭が禿《は》げた老人やったと同じことを言うたんで、これは同じ人物、いや同じ不死身老人やないかと、番組では八つ目の不思議にカウントしたらしい」

「その場所が八尾市八尾木の」

「ユゲ神社の前の道路や。この神社は昔から在るらしい」

「どんな字書く？」

「理由の由と義理の義で、由義《ゆげ》や」

「あ、それ、地名の弓削《ゆげ》と関係があると思う。同じ読み方や」

「そういうんは明日香ちゃんの得意分野」

「うん、どっかで読んだ。由義と弓削。何やったかなあ。そのうち思い出す。けど、その神社の中に消えていった老人男女て……」

「……幽霊としたら、死んだ人間は車にはねられても怪我せんし二度と死なんいうことや。けどテレビでは幽霊とは言わんかった。不思議な出来事いう紹介やった。幽霊はやっぱり若い女でないとな、老人は似合わん」

「でもね、カップルいうんがひっかかる。それに、幽霊はお寺の近所に出るんはごくふつうやけど、神社の前の道路は似合わんね」

「テレビ局もそこんところを考えたんと違うかな。お寺の前の道やったら幽霊話にしたに違いないわ。そうやのうて、どうやらこのあたりには、不死身の老人が居るらしい、いう扱いやった。神社の戦略で、この神社に参ると不死身になれるいう捏造宣伝話なら、テレビ局が一杯喰わされたいうこっちゃ。……八咫烏《やたがらす》、煮干しに飽きたんかいな」

繁さんが上を見上げて呟いたので、明日香はまた小さく悲鳴をあげ、慌てて両手で口を塞いだ。

「ケイカイはただのカラス、八咫烏なんて高尚《こうしょう》なもんやないよ」

明日香は本当に気分が悪くなってきた。自分の感性のアンテナに、次々と引っかかってくる八の数字。冷や汗が流れてくる。

「明日香ちゃんがノッて来そうな話や思うたけど、なんや顔色悪うなっとる。ケイカイ！　ここへ煮干し置いとくで！」

残された器の中の煮干しを数えると八つあった。

明日香は自分が他の人間と違い、特別のメッセージの受け手であることを自覚している。そう考えれば納得できることが次々に起きている。しかもそのメッセージは千年以上も昔の人間から発信されているのだ。メッセージの受け手としては、学者さんや宗教家の方が相応《ふさわ》しい気がするが、なぜだか選ばれてしまうのだ。自覚はしていなくても、明日香の方から触手を伸ばしているのかもしれない。日本霊異記のせいだろうか。

この身体が千二百年昔と行き来できるわけではないけれど、千二百年昔に起きたことが今現在も繰り返し起きているのだと判る実例には、たびたび出会った。科学が進んで脳の中まで分析が出来ると言っても、心の動きや人間の心理は大して変わってはいないのだと、その都度思った。古い地名がこっそり秘密を伝えているように、牛馬が車になり母乳が粉ミルクで補われても、人間関係の本質や元々在る欲望は変わらず存在している。

アンテナのような自分をじっと観察するのが癖になった明日香。自分に押し寄せる八角形や八の数字も何かのサインなのだとは判るのだが、それが何なのかは見当がつかない。いつもこんなふうで、さあ明日香、動きなさい、知恵を総動員して考えなさい、と誰かが囁《ささや》いているのだ。

ここは冷静に、目の前に現れた八の数字を整理整頓、分析しなくてはならない。

中華料理店、ズッキーニ、八チャンネルにお札を買ってくれる子供、くりーむパン、八咫烏そして煮干しだ。

それぞれ偶然起きたことで、繋がりはない。何かを手繰《たぐ》り寄せることが出来そうなものはなかった。

けれど八尾市八尾木は明日香に向かってちょっとだけヒントのヒモを垂らしている気がする。引き寄せれば何かが現れそうな気配。糸口になるかも知れない。

アタマを悩ます八の数字が、ついに明日香が得意な地名となって出現したからだ。妖《あや》しげな老人男女のことはひとまず置いておくとして、八が重なる場所に由義神社があり、明日香の目の前に同じ読みの弓削の字がチラチラしている。

さっそくパソコンを起動してググってみた。

弓削の地名は大阪の河内だけでなく、愛媛県や岡山にも在った。ウィキペディアを覗いてみると、弓削氏は関係の深い物部氏が武具製作に長けていて、弓を削る意味から弓削の名前が来ているそうだ。奈良時代には渡来の技術も定着して、それを専門にした一族の名がその住所に地名となって残っているのは、ちっとも不思議ではない。

由義も弓削と同じ読み方だが、音だけはそのままに、ちょっと高尚な漢字を当てはめて由義にした、とも考えられる。

弓削神社は八尾市に在る。けれどさほど離れて居ない場所に、問題の由義神社もあった。

由義神社の方は、由義宮の跡地に建てられたという説明が見つかり、明日香は我が意を得たりの気分だ。宮殿の名前としては、弓を削るという弓削より、由緒正しい義、という二文字の由義の方が格が高く立派な印象になる。事実は判らないけれど、地名が読みの音だけ引き継いで、表記の漢字がどんどん変えられていった例を明日香は沢山知っているので、きっとこれもそうだわ、と勝手に納得した。

そこまでは進むことができたが、やはり八の数字は判らないし、ひとまず横に置いておいた不死身の老人男女も、お手上げだった。

こうなってみると、八尾市八尾木、の地名もまた偶然でしかないのだろう。全国には八の字がつく地名など、それこそ至る所にあるのだろうし。

その夜、岩島さんへのおやすみメールの最後に、

「そのうち八尾市八尾木にある由義神社にお参りしようよ。不死身になれるみたいよ！」

と付け加えた。テレビ番組を見ていなければ何のことだか判らないはずだが、すぐに返事が来て、

「道鏡《どうきょう》みたいに、精力絶倫《ぜつりん》が明日香ちゃんのお好みなんか……トホホ、ボク無理やわ。おやすみ」

明日香の方こそ、何のことだか判らずトホホだったのだけれど、突然はっとなり、そうだ、由義は弓削であり、弓削は弓削道鏡なのだと、たちまち道鏡に辿り着くことが出来た。道鏡は時の女帝との関係を利用して、権力をほしいままにした悪僧だと言われている。

「岩島さん、ありがとね！　これから道鏡さんに会いに行きます。こんどこそ、本気でおやすみ！」

これを受け取った岩島さんは、ますますわけが判らなくなったかもしれず、おまけに道鏡さんに会いに行く、という意味をどう想像するのかと、ケータイを閉じながら心配したけれど、メールの往復はひとまず終わった。

明日香は道鏡さんに会うために、一瞬パソコンに向かって歩きかけたけれど、すぐに引き返し、棚の上のあのぶ厚い日本霊異記に手を伸ばした。この本のどこかに道鏡さんの名前が在った記憶がある。最後の方ではなかったかしら。

確かに道鏡の名前は、下巻の最後の縁から一つ前の三十八縁に在った。

そこには道鏡さんと称徳《しょうとく》女帝とのスキャンダルが記されていて、そのころ庶民の間で歌われていた下品な歌……僧侶だとて衣の下にはとんでもないモノが隠されている、下半身はオトコなのだ……という意味の流行り歌を引き合いに出して、そんな歌も道鏡と女帝の性関係を先取りした前兆なのだと記している。

もともとこの三十八縁は、歴史の出来事には良い事にも悪い事にも前兆があり、それは後に実際に起きている、というテーマで幾つもの例が挙げられているのだ。だからといって、そのスキャンダルのために道鏡が地獄に堕《お》ちたとか、仏罰を受けたとまでは書かれていない。道鏡は天皇の位《くらい》を狙ったとされているのだから極悪人で、他のお話の人物のように、閻魔《えんま》さまに裁かれても不思議ではないのに。

下巻の最後の方は、日本霊異記のまとめに入っている気がする。かなり後に、出来事を振り返って書かれたような雰囲気なのだ。歴史を振り返り、前兆と結果を繋げて眺めたに違いない。景戒《けいかい》さんはこの説話集を七八七年に仮の編纂をし、でも完成させたのは八二二年なのだから、人生の終わりに世の中の出来事を振り返り、因果をまとめる余裕はあったのだろう。

とりあえず日本霊異記の中で道鏡さんに出会うことは出来たが、八の数字の謎には相変わらず辿りつけない。

このままではどうも釈然としなくて眠れない。

しぶしぶもう一度、由義神社をネットで調べてみた。するとそこにも在ったのだ、道鏡の名前が。

道鏡はスキャンダルの相手の称徳女帝と、道鏡の出身地弓削に、新しい宮殿を建て、平城京に対する西の京にしようと企んだようだ。それが結局つぶれて、その跡地が由義神社になったのだと、神社の説明に書かれてあった。

となると。

あの近辺に出没し、車にはねられても不死身だという老人男女は、もしかしたら道鏡と称徳女帝ではないのか。

今度はワクワクして眠れそうもない。テレビのその番組は見ていないけれど、他の七つの不思議な出来事に紛れ込ませてはいけない、明日香に宛てた遠くからのメッセージのような気がしてきた。テレビ番組を利用して、明日香に何かを働きかけているのかもしれない。

パソコンを切ったあと、外に出て深呼吸した。

思い過ごしかしら。自意識過剰なのだろうか。

ケイカイは鳴き声も立てず風もなく、クスノキの枝のあいだには、深い紺色の夜空が広がっている。

良く晴れた休日、岩島さんは八尾市八尾木の由義神社に連れていってくれた。いつものようにグーグルで場所を調べた地図を、車の助手席でチェックするのは明日香の役目だ。

パーキングを探すのにちょっと手間取ったけれど、あとは簡単だった。どこからでも目に付く大きなクスノキを目指して行けば、そこは由義神社だった。

左手に由義宮の跡地だという縦長の石碑と、由義神社の由来が記された石碑。書かれてあることはネットで調べていたので新しい発見はない。このあたりに広大な由義宮があり、西の京として栄えるはずだった。それを望んだのは称徳天皇と愛人だった道鏡だが、称徳天皇が亡くなり道鏡は遠く関東の薬師寺に左遷されて、願いは叶わなかった。そしてスキャンダルだけが残された。

今は無人の神社だし、お天気も良くて空はあっけらかんと明るいので、幽霊も出そうにない。

岩島さんに、テレビで放映された不思議な老人男女のことを話すと、道鏡のイメージではないな、とにべもなく言う。

「幽霊やとしたら、介護に疲れて無理心中した老夫婦や。道鏡は日本の歴史の三悪人の一人なんやから」

「三悪人……他の二人は？」

「たしか、平将門《たいらのまさかど》と足利尊氏《あしかがたかうじ》。二人とも天皇に刃向かった」

「でも道鏡さんは天皇さんとベッドで仲良くしたのよね。天皇を滅ぼそうと武力を使ったわけやないのに」

「まあ、刀を使わなくても、アレを使ったのは間違いない。座ると膝が三つあったそうやから」

刀とアレを一緒にするなんて、岩島さんも乱暴だ。大きいあそこにコンプレックスと反発があるのだろうか。

鳥居をくぐり真っ直ぐ本殿へと続く平らな石畳を歩く。本殿の屋根の倍以上の高さがありそうなクスノキは、こんなに晴れていても暗いほどの緑の闇を抱えていて、お参りしたのち、本殿の裏手の大樹の下に立ってみると、確かに妖しいものが棲みついていても不思議はなかった。我が家のクスノキでもケイカイが住みついているのだから、この規模だとケイカイが十羽は隠れ棲むことが出来そうだ。

と思いながら本殿を覆う枝を見上げているとき、額に何かが落ちてきた。水滴？まさか？

「鳥の糞や」

岩島さんが覗き込んで言う。

「いやだ、ケイカイが追いかけてきたのかな」

ケイカイなら明日香の額を狙って、糞を落とすことが出来る。嫉妬《しっと》したときや理由なく機嫌が悪いときも、ねらい撃ちしてくる。そのあと、カカカとけたたましく犯行声明を出す。

けれどカカカの鳴き声は無く、代わりにホケキョ！　と短い声が降ってきた。ウグイスだ。声のあたりから二羽の小さな鳥が飛び立ち、ケキョケキョと鳴きながら本殿の屋根を越えて参道の方向に飛び去った。

ウェットティッシュを取りだして拭《ふ》くと、小豆ほどの白い糞だ。悪食《あくじき》のケイカイの糞とは違い、小さくてカワイイ。昔の人はウグイスの糞をガーゼに包んで、洗顔に使ったと聞いたことがある。

「あの枝にウグイスの巣があるのかしら」

「どうしてこの神社に来たかったの？」

岩島さんに問われると黙るしかない。何かが見つかるかもしれない、という漠然とした期待しかなかった。

「八尾市八尾木という八が二つそろった地名にどんな意味があるのかって……」

「地名の由来だろ？　明日香ちゃんのお得意ジャンル」

「だから逃げるわけにはいかない」

岩島さんが胸を張って笑う。

「本当に知らないの？　八尾市八尾木の意味」

「八尾って言うのは八百から来ていると思うのね。ともかく何かが沢山あった。ヤオヨロズの神さんも八百だし、八百八町《はっぴゃくやちょう》て言うし。ヤオという発音が先に在ったんだと思う」

「それは間違いです。知識が目を曇らせていますね。書いた字そのままの八つの尾が、八尾市でした。たまにはボクだって調べます。いろんな説があるけど、八つの尾です」

勝ち誇った言い方に、明日香はプライドがチクチクと痛む。

「八股《やまた》のオロチでなく、八つの尾ですか」

「はい、たったいまその説が正しいと確信したところです。八つの尾を持っていたのはウグイスでした。このあたりは昔からウグイスの生息地だったの。特別に鳴き声が美しいウグイスがいて、八枚の尾羽を持っていた。だから八尾と名付けられ、そのウグイスが止まっていた木が八尾木」

どうだ参ったか、と言わんばかりの岩島さん。

「ウグイスって、日本中、どこにでも居る鳥だし、春から夏まで、鳴き続けるらしいし」

「でも八枚の尾羽を持つウグイスはここだけに居たんです」

「そうかなあ。直接過ぎる気がするけど」

けれど確かに、さっきの鳥はウグイスだった。ホケキョ、と鳴いた。その枝を見上げていたために首が痛くなった。傷ついたのはプライドだけでなく肩も首も重苦しい。

そうかもしれない。八つ尾のウグイスがこのあたりに居たのかも。岩島さんが何を調べたのか判らないけれど、ヤオヨロズ論より強力な気がする。なにより今ウグイスを見たばかりで、イメージとしても美しいし。

「ま、いいや、岩島さんに座布団一枚！」

歩き出した。境内の参道を鳥居に向かって歩いていると、首は自然と垂れてくる。足元の四角い石畳は、キレイに掃き清められていた。

明日香の足が止まる。足先の五十センチ前に、何かのカタチが置かれている。

「……これ」

と言ったきり次の言葉が出ない。岩島さんが、なに？　と言いながら明日香の横から見下ろす。そしてゆっくりと腕組みした。

「これは」

「……糞です」

と岩島さんが呟いた。

「糞なのは判ってる。これは……」

何か言おうとする明日香の左腕を摑み、岩島さんはやみくもに鳥居に向かって歩こうとする。けれど明日香の足は動かない。目も身体も金縛りに遭っている。

岩島さんが思い切り引っ張ったので、明日香はよろけながら動いた。

「振り返らないで、あの鳥居から早く出るんだ」

岩島さんに支えられながら、ようやく鳥居をくぐって道路に出た。そこで初めて息が出来、声を出すことが出来た。

「……見たでしょ？　あれ、見たよね」

「あれはただの鳥の糞です。それ以上でもそれ以下でもなく、鳥の糞です」

「でも、キレイに八角形になっていた。八つの点が正八角形に置かれていた。入って来るときは、あんなもの参道になかった」

鳥の糞だと言い張る岩島さんも、ショックを受けているのだ。摑まれた左腕の骨が折れそうに痛む。

「車に戻ろう」

「痛いよ、腕が」

ごめんと謝る声が掠《かす》れていた。力を緩めてくれたけれど、決して放そうとしない。

立ち止まって振り向こうとしても、岩島さんはどんどん引っ張っていく。

「ちょっと待ってよ。うちはこういうの慣れてるの。びっくりしたけど、逃げ出したりはしません」

そうだ、そのために来たのだ。メッセージを受け取るために。

明日香は岩島さんの怯えを押さえ込むように呟くと、ゆっくりと振り向いた。

そこにはカタチ良く両肩を反《そ》らせた鳥居が青い空に立ち上がり、ちょうど反り上がった右端のところに、小さな鳥が二羽並んでとまっていた。

二羽は明日香を見下ろし、見送っている。先ほどのウグイスだろう。けれどもう鳴き声は立てず、ただ何かを願うように、身動きもせず明日香を見下ろしていた。

ふたたび手を引かれて歩き出し、しばらく行ってそっと振り向くと、やはり二羽の影が鳥居の端にくっついていた。

車の中では会話も少なく、溜息ばかりが出た。ラジオをつけるのも恐い。何か思いがけない音や声が聞こえてくるかもしれず、それより沈黙の方がまだしも落ち着くことが出来た。

岩島さんはとても注意深く運転している。何かが岩島さんを謙虚にさせているのだ。「岩島さん、連れてきてくれてありがとう。来て良かった。もう大丈夫だからね。座布団二枚！　きっと岩島さんの説が正しい！」

八尾や八尾木の由来など、もはやどうでも良いのか、無言でハンドルを握りしめている。ハンドルが汗で濡れているのを、明日香は見て見ぬふりをした。

これでもう、疑いようがなくなった。あのウグイス二羽も不死身の老人男女も、明日香に訴えているのだ。

あの神社ゆかりの人物といえば、やはり道鏡さんと称徳天皇だけで、その二羽、いや二人が、明日香に八角形を描いて見せたのは疑いようがない。これまで沢山の八角形や八の数字が明日香を襲ったけれど、その発信者もこの二人だと思われる。

岩島さんも、さすがに明日香の妄想ではない、何かが起きていることを信じ始めた。だからもう、その話題でからかったりしなくなった。考えすぎだよ、というていつものセリフも言わなくなった。それが岩島さんを遠く感じさせた。明日香の能力を認めた、というより、明日香に怯えているのだろうか。由義神社での出来事はそれほどショックだったのだ。

　ケータイにメールしても、返信が遅くなった。少なくても週に一度はデートしていたのに、週末は別の予定が入ったとかでキャンセルされた。明日香は、自分との約束をキャンセルしてまで入れた別の予定が気になる。けれど訊くことが出来ず、鬱屈《うっくつ》が溜まっていく。新しい彼女が出来たのだろうか。

　ある日、思い切ってケータイにメールした。

「どうしたん？　ウチは謎解きで一所懸命だけど、岩島さんは何してるの？　新しいコイビト出来たんと違う？」

　最後に涙の絵文字を入れた。このメールの返事も翌日になった。

「彼女とはそんな関係やないよ」

　その短い文章を何度も読むうち、心臓がどくどくと打ち始め、しゃがみこんでしまった。思いもよらない返信だった。彼女、と呼ばれる女性がいて、その女性とはそんな関係ではない……つまりコイビト関係ではない……という意味らしい。岩島さんの近くにいる彼女について、明日香が気付いている、という状況を前提に、言い訳しているのだ。

　けれど明日香は、岩島さんが自分以外の女性と付き合っているなどと、想像したことはない。そういう事があっても不思議ではないし、あるのが当然かもしれない、専属契約しているわけではないのだし、と今初めて気がついた体たらく。

鈍感なのだろうか。時空を越えて昔の人と繋がることが出来るのに、すぐ近くに居る岩島さんのことには鈍感。もしかして、岩島さんのアパートに行ったときとか、車の助手席に乗ったときなど、ふつうの女性なら怪しむサインが在るのに、明日香は全く気付かなかったということなのか。

素直になれない。そんな関係ではない、というひと言が、そんな関係への可能性も膨らませてしまうし、今にもそんな関係になってしまいそうで、明日香はケータイメールも出来なくなった。彼女とそんな関係になりそうな場面で、自分のメールを読まれるのを想像すると、ひどく傷ついてしまうのだ。

ともかく、岩島さんが彼女と呼ぶ人が居るのは確かなのだ。

夕方、スーパーでお総菜を買い、とりあえず冷蔵庫に入れたものの食欲はなく、何をする気力も起きない。窓ガラスに近寄ると、ケイカイが桟《さん》にとまって落ち着き無く脚や羽を動かしている。出て来い、と言っているのだ。

明日香が玄関から出ると、ケイカイはようやく窓ガラスから離れ、ひょいひょいと時計回りに動き、羽の音を立てながら飛び立つと塀にとまった。

「……わかったよ。付いていくよ」

明日香が自転車を出すと、たちまち御霊《ごりょう》神社の方向に高く飛ぶ。

ケイカイは明日香をどこかに連れて行こうとしている。いつもは所詮カラスと馬鹿にしているけれど、今は藁《わら》にもケイカイにもすがりたい気分。

明日香は狭い路地からやすらぎの道に出た。ケイカイは明日香の視界の中で、行く先の高い場所に羽を休め、明日香が自転車を漕ぎ疲れると、カア！　と励まし脅すような高い声を上げる。

「あんたは良いよね、羽があるんだから」

やすらぎの道は、まっすぐ北へと続き、いくつかの道路だけでなく佐保川も突っ切って広い県道へ出る。そこを左折させられ、今度は西へと向かう。

やがて見慣れた１０４号線に入った。この道路の左手が復元された平城宮跡だ。観光バスも多くなる。朱塗りの塀や門が広々とした平原を囲んでいた。

ケイカイはここに連れて来たかったのか。

鳥の気持ちを推測しながら、漕ぐのをやめて朱色の塀の向こうに在ったはずの都を想像した。けれどケイカイは休憩させるつもりはなさそうだ。神武天皇の道案内をしたのもカラスだが、ケイカイのように鬼案内だったのだろうか。

はい、わかったよ、行きますよ、とまた脚を動かした。

右手の美しい池の青と道路の左側の街路樹に癒《いや》されるまもなく、ケイカイは街の雑踏の中に入って行った。そのあたりは明日香も電車で何度か来た事がある、近鉄奈良線の大和西大寺《やまとさいだいじ》駅前だ。

駅を回り込むと西大寺だ。建てられた当時は東大寺と並ぶ大きなお寺だったけれど、いまは東大寺ほど有名ではない。

ケイカイは松並木をひょいひょいと飛び越し、境内に入っていく。

本堂だろうか、大きな建物の屋根にとまり、クウウと首を伸ばして鳴いた。明日香がようやく追いついたと見るとすばやく飛びだし、建物の前にある広い基壇《きだん》の、石組みの上に乗った。石組みは城跡のようには高くないけれど、丁寧に積み上げられていた。四角く削られた石は少なく、不揃いな丸い石や、中には昔の家屋の柱を支えた礎石だろう、柱の跡が丸く窪《くぼ》んだ石も使われていて、一目見てかなり古い基壇だ。

四方に石の階段がついている。

「ここに連れて来たかったの？」

ケイカイに声をかけたとき、何かが胸の底で不穏に動いた。

太陽は中天を過ぎて、この基壇を囲むあちこちで枝を伸ばす年代物の松にかかり、基壇にも松の影を落としていた。

胸の底で不穏に動くものが何なのか、立て札を読むまではっきりしなかった。

立て札の説明に目を走らせる。

七六五年にこの場所に八角形の基壇が作られ、その上に七重の塔が築かれる予定だった。けれど四角形の基壇に五重塔、に変更された。その塔も雷や戦禍で焼け落ちて、今は八角形と四角形の基壇が当時のままに残されているのだと書かれてあった。

ケイカイは四角い石造りの基壇の回りを旋回している。その旋回が次第に大きくなっていく。

ケイカイの飛行跡を辿るまでもなく、四角い基壇の外側に、低い石で形作られた八角形の基壇が見て取れた。大きな八角形の真ん中に、小さく四角形に石を積み上げて作られた、上から見下ろせば重なって見える二つの基壇。

基壇を大きくすれば、そこに立つ塔も高くなる。小さな基壇なら、塔も低くなる。

もし外側の八角基壇に七重の塔が実現していたなら、どんな高さまで伸びたのだろう。同じ時期に東大寺に在ったとされる七重の塔は百メートルに達したと聞いている。

けれどこの西大寺は八角形の基壇が廃され、四角形に規模が縮小されたのだ。

縮小された西大寺の塔は、五十メートルにも達しなかったと聞いている。五十メートルだって大変な高さだが、明らかに東大寺と大きく差をつけられた。そしてこの差は、たぶん今日まで続いている。

「ケイカイ、あんたがここに連れてきた意味、かなり深いね……これまで謎の大きさも深さも見当がつかないまま右往左往していた……でもすべてが関連していることがわかってきたよ……いま、幻の高い塔のてっぺんから見下ろしている気分……ここに来て、ようやく冷静になれた……あの二人、道鏡さんと称徳女帝が、うちに八角形を何度も示した理由が、この二つの基壇跡をみてようやくはっきりとしてきたの。

あの二人はうちを撰んだ……あの二人がこれからうちにやって貰いたいと願っていることも見えてきた……まだわからんことが一杯あるけど、やるべき方向がはっきりしたの。さあケイカイ、帰るよ。疲れたでしょう、荷台に乗っても良いよ」

明日香は後ろの荷台に舞い降りたカラスを乗せて、来た道を戻る。

途中、平城宮跡の北側を通るとき、荷台が急に、人を乗せたように重くなった。明日香はその変化を全身で感じた。

このときばかりは、後ろを振り返ることが出来ず、前を向いたまま丁寧な口調で言った。

「……景戒さんですね……これからじっくりと日本霊異記を読み直し、あなたが記された説話に込められた本当の気持ちを、考えてみようと思います……どうぞお力をかして下さい」

平城宮跡から離れたとたん、荷台は軽くなり、背後から飛び立ったカラスは、奈良町目指して大きな黒い羽をはばたかせた。

日本霊異記は上中下に分かれているけれど、いま明日香が開くべきページがどのあたりかは、見当がついていた。間違いなく、おしまいの方だ。

道鏡の名前が出てくる下巻第三十八縁の二つ前の第三十六縁に、道鏡も女帝も登場しないけれど、二人にとって重大な人物の因果応報譚が記されていた。西大寺のあの基壇をめぐっての説話だ。

縁のタイトルは「塔の階数を減らし、寺の幢《はたほこ》を倒して、悪い報いを受けた話」。

明日香はあらためて読み直し、このお話の主人公は藤原朝臣永手《ふじわらのあそんながて》という光仁《こうにん》天皇の御世の太政大臣《だいじょうだいじん》だが、この永手こそ道鏡を追放した張本人だと解説に小さく書かれてあるのを発見。しかも西大寺は称徳女帝の発願《はつがん》で建てられていたのだ。

このお話の裏側には、道鏡と称徳女帝の存在があるのは間違いなさそうだ。二人の名前は全く出て来ないだけに、余計はっきりとそれが感じられた。景戒さんは、あえて二人の名前を書かず、主人公を永手にしたのだ。

景戒さんが三十六縁に記している表面上の出来事はこうだ。

ある日永手の息子は夢を見る。父親が見知らぬ兵士に拉致される夢だ。これは父親の死を予感させる。目覚めた息子は、父永手に注意するよう促すが永手は聞き流す。そして案の定、永手は死去し、息子も病に伏した。

さて、藤原永手父子は時の権力者だ。

様々な呪文や祈禱も行われたが息子に回復の兆しは見えない。けれど一人の僧が現れ、手の上に燃えさかる火を置き、そこで香を焚《た》きながら仏の回りを歩き快癒《かいゆ》を祈った。この僧はバッタリと倒れ、その瞬間、病気の息子に死んだ父親の霊が乗り移った。

父親の霊は死後の自分について語る。いま自分は閻魔大王に火の柱を抱かされたり折れた釘を手に打たれたりと、ひどい責め苦で折檻《せっかん》されているが、手の上で焚かれている香の煙によって赦《ゆる》され、こうして霊魂として戻ってくることができた。閻魔大王に責められている理由は、法華寺《ほっけじ》の幢を倒させ、西大寺の八角の基壇を四角にし、七層の塔を五層に減らした罪によるものだと。

明日香は日本霊異記をひとまず置き、永手が幢を倒したという法華寺について調べた。そのお寺は、称徳女帝の母親である光明《こうみょう》皇后が建てた尼寺だった。

やっぱりね。

もしや、のひらめきが、ことんと腑に落ちた。

永手は西大寺に建てる七重の塔を五重の塔に小さくした。そのために八角形の基壇を小さな四角形にした。そうした理由は、国家のお財布事情だと、まずは想像出来るけれど、法華寺の幢を倒させるのは経済的な理由では説明できない。幢がどんなものか明日香には解らないけれど、お寺の象徴のようなものらしい。

永手は光明皇后と称徳女帝の母娘が建てた二つのお寺を貶《おとし》めたことになる。もちろん、この母娘には道鏡が付いている。

では道鏡とはどんな人物だったのかと、これまた明日香はあちこち本を開き、ネット検索をかけて調べてみた。

どの入り口にも、道鏡巨根説や悪人説が立ちはだかっていて、この僧の実像に迫るのが難しい。それどころか、称徳女帝はアソコが巨大なので巨根が必要だったなどの、下品な逸話まで出てきた。誰が確かめたのだろう。男女の性関係はともかく、性器について異常な大きさだと言いふらした誰かが、あの当時の奈良に居たのだろうか。本人が白状しない限り誰も知らないことが千二百年後まで面白可笑《おもしろおか》しく伝わっているのだ。

明日香は次第に腹が立ってきた。もしも捏造されたスキャンダルだったらひどい話だ。

道鏡が生まれた年を調べてみると一説によれば七〇〇年、称徳女帝は七一八年生まれだ。二人は十八歳も歳が離れている。

道鏡の生誕の地はもちろん弓削で、学問を学び仏教経典や建築技術、土木技術や宇宙学や医学にも通じていたようだ。薬草の知識があり、サンスクリットも理解できる知識人だったらしい。

こういう秀でた人物は、呪術や魔術を使うと思われても仕方ない時代だったのだろう。一般庶民との知識の差が大きくて、道鏡にとっては当たり前のことでも、奇蹟を起こしたように見えたことも在ったに違いない。

確かに称徳女帝とは十八歳違いだとしても、性関係が不可能とは言えない。けれど二人が深い関係になったとされるのは、七六一年に平城京改修のために女帝が近江国の保良宮《ほらのみや》に移り住み、翌年道鏡が女帝を治療したときだ。

明日香は二人の年齢を急いで計算した。なんと道鏡は六十二歳で女帝の方は四十四歳の高齢なのだ。

現代のように良い食べ物も無い千二百年昔、六十二歳と言えば誰もが老人と認める年齢のはずで、称徳女帝の四十四歳だって、今だと六十代か七十代に相当するのではないだろうか。おまけに保良宮で女帝は病気にかかっている。客観的に判断すれば、やはり性関係は不自然だ。

二人は由義宮に、西の京を作ろうと計画していた。平城京の居心地が良くなかったからではないだろうか。何かの理由で脱出願望がつのったのかも知れない。

そして七七〇年の三月、由義宮に行幸し、もちろん道鏡もお伴して、由義宮近くの大和川で宴遊《えんゆう》し春をたのしんだという。歌垣《うたがき》も催された。未来の京へは何度か行幸があったに違いないが、平城京から由義宮までは結構な距離だ。これは七七〇年の前半、称徳女帝は長距離を移動したり宴をたのしむことが出来る程度には元気であったという証拠ではないかしら。少なくとも床に伏せってはいない。

けれどその年の八月、称徳女帝は突然平城京の寝殿で孤独に没している。

数カ月後の突然の死。道鏡は女帝の死の時には遠ざけられていたようで、謎の残る死に方だ。天皇が重篤《じゅうとく》な病に伏したなら、僧侶に呪文を唱えさせ祈禱するのが一般的であり、それには道鏡が最適なのに、こうした手当を受けずに亡くなったらしい。暗殺かそれに近い事件も想像出来る。

道鏡は女帝の死後、墓所に参っている。そこで何を思ったのだろう。女帝の死で道鏡の運命も変わり、下野《しもつけ》の左遷先で二年後に死んでいるのだが、自分の死まで見えていたのかもしれない。

道鏡を追放したのが、他でもない下巻第三十六縁の主人公、藤原永手なのだ。追放は見事成功し、民衆は二人のスキャンダルを信じて、末代までも笑いものにした。

ある歴史家は、天智天皇系が皇統を取り戻すために、それまでの天武天皇系を貶《おとし》めたのではと書いている。明日香には皇統の争いを検証する力は無いけれど、どうも仕組まれたスキャンダルという匂いがする。

称徳女帝と道鏡が、不死身の男女やウグイスの番《つが》いになり、明日香に訴えたかったことは、自分たちの無罪だろうか。八角形や八の数字は、末広がりを意味しすべての方位への隆盛を象徴している。西大寺の基壇もだから八角形に作られたのだろう。二人の果たせなかった願望の印が八角形、ということか。

けれどそれは、千二百年もの年月で塗り固められたスキャンダルを覆すには不十分。男女の性関係は、「無かった証明」は本当に難しい。一度誰かが「在った」と言い出せば、在ったことになっていく。

明日香は芸能人や他の有名人がニュースショーで取り上げられるのを見て、本人たちは否定しているのに、ああそうなんだ、あの二人は付き合ってるんだ、と思い込んでしまっていた。千二百年昔は、テレビのニュースショーは流行り歌だったのだろう。庶民は流行り歌で権力者や有名人を揶揄《やゆ》したり暗に批判したり、それをエンターテインメントとして愉しんでいたのだ。不満のガス抜きとしても効果があったのかもしれない。

明日香ははっと気付いて、もう一度日本霊異記を捲《めく》った。下巻第三十八縁の道鏡の名前が登場する説話は、すべての出来事には前兆がある、というテーマだ。書かれているのは、まず僧侶の欲情を揶揄《やゆ》する流行り歌が流布《るふ》し、その流行り歌が道鏡と称徳女帝との交情の前兆となったと記している。つまりは、流行り歌の方が、先行していたということだ。通常は不都合な事実が露見して、それが世間に漏れ出て流行り歌になる、という順番ではないだろうか。

誰かが流行り歌を意図的に流した、という可能性も見えてくるし、景戒さんはそれを知ってこの縁を書いたとも想像できる。

景戒さんが日本霊異記を最後にまとめた時代は、道鏡も称徳女帝もこの世に無く、すでに藤原氏の権力基盤は確定していて、道鏡悪人説を覆すことは出来なかったけれど、景戒さんなりの後世へのメッセージだとも思えてくる。

「景戒さん、あなたは説話を蒐集《しゅうしゅう》するとき、やはりあなた自身の思いを込めて記しましたね。藤原永手のやり方に憤りを感じていた。

永手が道鏡と称徳女帝を情報操作で排除した凄腕に、こんなやり方で密かな復讐をやってのけたのではありませんか？

道鏡と女帝の名前は三十六縁では触れず、ただ西大寺の塔と基壇を減らした罪だけを挙げているけれど、永手を地獄に送り、火の柱を抱かせたり手の平に釘を打たせたりと閻魔大王に思い切り折檻させている。この世に戻ってその責め苦を語ったあとも、永手の霊魂は行き場もなく彷徨《さまよ》うしかなかった。

あの閻魔大王は景戒さん自身だったのではありませんか？　時の政権の中で、道鏡さんの冤罪を晴らそうとすれば、この日本霊異記自体が潰されてしまうと考えたかもしれませんね。

けれどうちには景戒さんの本音が聞こえてきたのです。景戒さんは捏造されたスキャンダルに怒っていた。だって、藤原永手には閻魔大王となって制裁を加えているけれど、道鏡さんには何一つ仏罰を与えていないもの。

説話だから説法の教材として使われるのを知っていたし、実際にそのように使われていた。常識的には悪人道鏡こそ閻魔大王に折檻されるはずなのに、道鏡ではなく永手をこっぴどく罰している。あなたは確信していた。あれは永手の陰謀であり、道鏡も称徳女帝も、その罠にかかって永遠の不名誉を背負わなければならないことを……」

言い終えたとき、背後で空気が動いた。やわらかな溜息も聞こえる。

「あなたは宮廷に任命された官僧ではなく、私度僧《しどそう》でした。その立場で大変な困難をくぐり抜けて、今の時代にこの説話集を届けてくださった。ありがとうございます」

最近、繁さんの姿を見かけない、と思ったら、奥さんが家の前に水を撒きながら明日香に言った。

「……明日香ちゃんが八角形に取り付かれて悩んでいた時期、うちの人はワシにも憑いて欲しいもんや、なんて笑いとばしていたんだけど、冗談やのうて、ここんところ八角形に悩まされてるの」

八角は縁起が良いから何か良いことがあるで、とニヤニヤ笑っていた繁さん。

「繁さんが八角形に悩まされてるって？」

「能力試されてるんかも知れん」

「……うちが謎解き手伝うてあげる……うちの方、ようやく解けたから」

「でもそれ無理や。畳屋が畳で悩んどる。八角畳作らなならんらしい」

「八角形の畳？　それは手伝うこと出来んな」

仕事が終わって、繁さんの仕事場を覗くと、確かにアタマを抱えて座り込んでいた。煙草の吸い殻が回りに散らばっている。

「繁さん、臭い！　イグサに匂いが付くよ！」

「わかっとる」

「八角畳を頼まれたんやて？」

「ああ、天智天皇や天武・持統《じとう》天皇、文武《もんむ》天皇の御陵《ごりよう》も八角形やそうで、天皇の即位式には今も八角の高御座《たかみくら》が使われるそうや」

「ふうん知らんかった。八は格調高い数字なんやね」

「けどな、庶民が真似してもなあ」

「庶民て」

「結婚式場や。八角畳を二つ並べて、花婿花嫁を立たせるそうや。八角の畳を引き受けてしもうたけど、これが大変なんや」

「なんで？　正八角形なら簡単に出来るんと違う？　図面上は簡単よ」

と言ったものの、繁さんは小学校しか出ていないし、幾何の勉強もしたことが無いのだ。いつも曲尺《かねじやく》で畳の幅と長さを測っている。それ以上の図形はお手上げなのかもしれない。

大きなコンパスは持ってないし、確かにどうすれば畳の幅いっぱいの正八角形をつくれるのか。明日香が具体的にアイデアを出してあげなくては、繁さんは困ったままだ。

しばらく考えたがこれは結構難しいテーマだとわかり、

「ちょっと家に戻って考えるわ」

と逃げ出した。

頼まれた仕事ではないけれど、八角形に悩む者同士放ってはおけない。

コピー用のA４紙から真四角を作るのは簡単だった。三角形に折り畳み、はみ出した部分を切り落とす。四角形の角から角へ対角線が出来た。これをさらに二回折り込めば、真ん中から八方向に折り目が伸びる。もう一度折り畳めば十六本の筋が出来た。開くと、真四角の紙の中心から放射状に折り跡が伸びているけれど、さてここから八角形を作るには……

そうか、四隅を折り畳めば良い。これだと真四角の四隅をカットして八角形を作ることが出来る。

明日、繁さんに教えてあげようと一度は安堵したけれど、畳の型紙を作るにはかなり大きな紙が必要だし、もっと良い方法がありそうだと考えた。

こういうことは岩島さんに訊くのが早い。男子の方が頭脳が幾何学的《きかがく》に出来ている気がする。けれど「彼女」のことが引っかかって、あれからメールをしていないし、岩島さんからも来ない。振られてしまったのかもしれないとネガティブな想像をすると、いよいよその気になれないのだ。

けれど用事があるのだから、連絡しても構わない。これは繁さんを助けるためだ。明日香はケータイにメールを入れて、繁さんの悩みを書いた。八角形を簡単に作る方法を教えてください、とちょっと改まった言葉になってしまった。

岩島さんからはすぐに返信が来た。

「明日、明日香ちゃんの仕事が終わる時間に、薬師寺の北門で待っているよ。彼女も一緒に行く。紹介したいし」

持ち上げられてストンと落とされた明日香の気持ち。やっぱり振られたんだ。

けれど明日香はメゲそうな気分を立て直しながら夕方を待った。「彼女」とはどこまで行っているのだろう。もうエッチまでしてしまった。だったら新しい彼女が出来たと言えば良いだけで、なにも紹介する必要はないよね。紹介されても辛いだけなんだよね。岩島さん、そんなに残酷だった？

ともかく夕方が来た。更衣室で髪の毛をとかし、このところの寝不足で窪んだ目の下にちょっとだけハイライトを入れた。口紅は似合わないから止める。

門から出たところに岩島さんが立って手を振っていた。明日香の目は岩島さんの横に立つ女性に向かう。

その一瞬、安堵と幸福感が湧き上がってきた。彼女は黒縁の眼鏡をかけて髪の毛を頭の真上で団子に丸めた、中年の女性だった。エッチな関係ではない。

「こんにちは」

と彼女から声をかけてきて、明日香は慌てて挨拶した。

「岩島くん、君が言ってたとおりの人じゃない」

とニヤニヤした。岩島さんは少し照れて、うちの大学の准教授で、言語学や経典言語の専門家なんだと紹介した。

「私もね、こういうの大好きで、八とか四とか、謎解きに参加させて貰ったの。でも、こんなカワイイ人が地名や霊異記が好きだなんて、世の中捨てたもんじゃないわね。西条時子《さいじょうときこ》です。どうぞよろしく。どこかで何か食べない？　岩島くん、若い人たちが行くお店、案内してよ」

このてきぱきとした強引さには、岩島さんも抗《あらが》えなかっただろう。振られたと思い込んだ狭い心を、明日香は空に向かって吐き出した。胸の底をミントの香りが流れた。

ソーダ類がいろいろあって、それも生ジュースを使っているので若い女性でいつも一杯のお店がある。

入っていくとちょうど窓際のテーブルが空いていた。咽《のど》が渇いていた。メロンソーダをたのんだ。岩島さんはレモンソーダ、西条さんはアイスコーヒーをオーダーした。

「ところで明日香ちゃん、八角畳の作り方が解らない、って言ってたよね」

「うん、解らないわけではないけど、何か簡単な方法はないかと……」

西条さんにも、繁さんの悩みを説明した。

「できるだけ小さい型紙で、でも正確に畳を八角形に出来る方法。四角形の型紙は簡単にできるけど、八角形って、思ったより難しいのね」

「そんなことないですよ」

と軽く言ったのは岩島さんではなく西条さんだった。

「……ここに真四角のペーパーがあるでしょ？」

ナプキン立てから白いナプキンを一枚取りだした。それを広げると、真四角だ。西条さんは真四角に広げたナプキンを対角線で折り畳んだ。折り鶴を作るときにも、まず対角線で二枚に折り畳む。明日香もそうした。

「この長い対角線をね、畳の幅にピッタリの大きさにする。その大きさの四角形を作るのは簡単でしょ？　四角形なら正確に出来るでしょ？」

うんうんと明日香は頷いた。新聞紙を使ってでも、対角線が畳の幅になる真四角なら簡単に作れる。けれど問題はその先だ。

「四角形から八角形にするのが大変なの。四隅を折り畳んで切らなくてはならない」

「切る必要なんてないのよ。そんなことすれば、八角形は小さくなってしまうでしょ？　四角さえ出来ればあとは簡単。四角形が二つ重なれば、八角形になるんだから」

その意味を、明日香より先に理解したのは岩島さんだった。岩島さんはもう一枚、ナプキンをペーパー立てからつまみだして広げた。

「こういうことですよね？」

と最初のナプキンを広げ、対角線が交差した中心に指の先を置いた。もう一枚のナプキンも同じように対角線が交差する真ん中をつくって、それを最初のナプキンに重ねた。そして、上のナプキンを回転させる。すると星マークが出来た。お日様マークかも知れない。

「同じ四角形を二枚つくって、中心を針で留めて、正確に四十五度回転させれば八角の星が出来る。八つの先端を線で結べば八角形だ。ね、簡単だろ？」

「……凄い、これなら繁さんも大丈夫。でもうちのアタマにはひらめいてくれんかった。西条先生も岩島さんも、アタマの出来が違う！」

西条先生が可笑しそうに笑った。歯茎《はぐき》にネギがくっついている。漫画に出て来そうな人だ。

「私のひらめきではないの。古代の中国では常識だったみたいよ。八という数字はとてもお目出度い縁起の良い数字なの」

「ええ、それは知ってます。天皇陵とかも八角形に作られたんでしょ？」

大八島《おおやしま》、八重雲、八方向、それが塞がれたときが八方塞がり。

「でもね、八という数字は、最悪の四という数字を二つ重ねたときに現れるの」

四が二つで八になる。当たり前だ。図形上も四角形を重ねてずらせば八角形になる。確かにそうなのだ。

「四という数字は日本では嫌われてる……四は死を意味するからでしょ？」

日本は言霊の国だから、同じ音読みで忌み嫌われるのだ。けれど西条先生は意外なことを言った。

「……あまり知られてないことだけど、四の数字が死と同じ発音なのは、日本だけでなくて朝鮮語も北京語も広東語もベトナム語もそうなのよ」

「日本語だけでなく？」

「朝鮮語は両方がサ、saと発音するし、北京語だとスィ、siなの。広東語ではセイ、seiでベトナム語も同じ発音……」

「ということは、四と死の関係は、その昔大陸から入ってきたってこと？」

「そう考えても良いんだと思うけど」

明日香の驚きに、岩島さんも得意顔で言う。

「明日香ちゃんの悩みに応えてあげようと、西条先生に応援を頼んだら……」

「私の方が熱くなってしまって……」

西条先生の鼻先がぴくりと動いた。

「……そうなのか、死のイメージを重ねるとお目出度《めでた》い永遠の末広がりになるのね」

「死が無くては、永遠も無いと考えられた。仏教の根本では、死は再生と繁栄に必要なものだったのだと思う」

明日香は身体のどこかに流れ込んでくる清浄な水を感じて、しんと透明な心地になった。

「どうしたの、考え込んじゃって」

明日香にはいま、道鏡さんと称徳女帝の二つの死が重なって見える。四角形が二つ、重なっている。藤原永手が流布させた道鏡悪人説とスキャンダル……当時を生きた景戒さんは捏造を見破っていた……それはほぼ確信に近かったけれど、当事者二人の心情については何も想像が出来ていなかった。

けれどあれほど八角形にこだわったのは、二つの死が重なって八角形になるのを知っていたからだ。死して後の永遠の繁栄を願っていた。道鏡さんは当時最高の知識人で、サンスクリットにも通じていたのだから、この四と八の深い意味を知らなかったわけがない。しかも西方つまり浄土のある方向に西の京を作ろうとした、それは二人とも近々訪れる悲劇を覚悟していたからではないのか。

「純愛発見！　二人は死後の約束をしていたんだわ！　これは純愛だったのよ！」

突然の発言に、岩島さんと西条先生は明日香を覗き込んだ。

アイスコーヒーとメロンソーダとレモンソーダが運ばれてきた。外で鳥の声がした。

# 解説

池上冬樹

およそ六年ぶりに読み返したけれど、やはり面白い。作者は純文学作家なので、シリーズ化などという発想はないだろうが、本書をはじめて読む読者はみな、こう思うはずだ。シリーズ第二作はいつでるんですか？　早く読みたいです！　と。それほど明日香というヒロインのキャラクターが魅力的だし、恋人となる岩島青年との関係進展も気になるし、何より個々のストーリーに幅があり、読んでいて惹きつけられてしまう。

単行本が上梓されたとき、僕はある書評の冒頭で次のように書いた。「本の表紙をみて意外に思われるかもしれない。だが、中身を読んでもっと驚くかもしれない。何ともキュートでチャーミングな連作であるからだ。高樹のぶ子ではなく、別の筆名にして東京創元社あたりから出したら、日常の謎ものとして、若い読者たちは喜んで買い、その世界に浸るかもしれない」

ここでいう「日常の謎もの」というのは、殺人をテーマにせずに日常生活の小さな謎を解きあかすジャンルのことで、日本では北村薫が開拓して（女子大生と落語家がコンビを組む『空飛ぶ馬』『夜の蟬』などの円紫シリーズほか）、本格ミステリの大いなる財産になった。フォロワーもたくさん生まれて、その多くが（北村薫の作品もそうだが）創元推理文庫に収録されていることをさす。だが、読み返してみると、日常の謎ばかりではなく、『日本霊異記』により強く傾斜《けいしゃ》した幽霊譚《だん》や怪異譚といえる作品もある。実話怪談をはじめとする怪談ブームの時代でもあるから、作者の時代を摑む感覚はなかなか鋭いといえるだろう。

鋭いといっても、小説における作者の手つきはあくまでも優しい。主人公が若い女性ということもある。具体的に紹介すると、高畑明日香は短大を出て奈良の薬師寺に勤めている。大学四年と同じ年齢とあるから、二十一歳ぐらいだろうか。愛読書は、少女時代に祖父から勧められた仏教説話集『日本霊異記』で、およそ千二百年前の平安初期に薬師寺の僧だった景戒がまとめた全百十六話の説教集である。明日香が惹きつけられるのは、「大きな声では言えない」が、「天皇陛下がまぐわをなさったり、それを見ていた天皇の従者が雷を摑まえてきたり、海の中に放り込まれた人間が生きてこの世に戻ってきたり、髑髏《どくろ》の舌だけで生き残ってお題目を唱えていたり、まるでオカルトみたいな奇妙な話が百以上も入っていて、竹崎真美の漫画を見ている気分」だからである。

しかも「一つ一つが短いだけでなく、それぞれに事件が起きた地名や場所が最初に記されているのが面白い。この地名が、明日香の想像力をぐいぐい刺激してくる」のである。明日香は実は、変な地名に心を躍らせる、地名オタクでもある。『日本霊異記』を繰り返し読むのは、「この地名と不思議な出来事の魅力のせいで」、どの話にも説教が必ずついているが、その説教はどうでもいい。

中身にふれていこう。本書『明日香さんの霊異記』は、奈良を舞台にして、地名オタクでもある明日香が体験する日常の不思議な話を『日本霊異記』を手がかりにして解いていく連作である。六篇収録されているが、どれも面白く変化に富んでいる。

まず、第一話「奇《くす》しき岡本」は、明日香が少年と出会い、その母の死の謎解きをする話である。少年が絵馬を買い、その絵馬に「母は殺された。どこかに埋められているのか。母に会いたい」とマジック書きしていたから気になったのである。終盤でひねりを繰り出して意外性をもたせているのがいい。

第二話「飛鳥寺の鬼」は、明日香が高校の恩師から失踪した女生徒について相談を受ける内容である。霊異記を愛読する女生徒は、飛鳥寺・鐘つき堂の鬼の災難を取り除く武勇伝の話に付箋《ふせん》をつけていたのだが、そこには「鐘つき堂の馬鬼と蛇鬼と猿鬼に殺される」、先生助けてくださいという文章があった。調べていくと、女生徒は仲間三人からいじめられていたことがわかる。女生徒に一体何が起きたのか？

第三話「率川神社の易者」は、率川《いさがわ》神社のゆりまつりで若い男に声をかけられ、オープンカーに乗ってドライヴするうちに、後をつけきた男たちの事件に巻き込まれる話。若い男というのが、シリーズ・キャラクターとなる岩島青年で、いわば二人の出会い篇だ。

第四話「八色《やくさ》の復讐」は、雷雨のなか雷にうたれて亡くなった父親を間近に見ていた少女が行方をくらませる話である。少女には何かのりうつったような途方もない力があった。その力と雷の関係を、明日香は『日本霊異記』を通して探っていく。

第五話「夢ほどく法師」は、明日香の母親の話がメイン。母の依頼で夢をほどいたという男が明日香のもとを尋ねてくる。〝夢をほどく〟とは夢の内容から真理をあてる仕事で、母親が見たものは、両方の乳房が人の頭ほど腫れて破裂する夢だった。いったいその夢に何の意味があるのか。しかも男と母には何らかの関係がありそうだった。

巻末の第六話「西大寺の言霊」は、急に「八」にまつわるものが目に入って困っていたときに、明日香は八尾市で、車にはねられた老人の男女が神社に消えた話を聞かされる。神社は由義《ゆげ》神社。由義は「弓削《ゆげ》」と同義で、弓削と言えば道鏡で、称徳女帝と性関係があったことが『日本霊異記』に書いてある。何か関係があるのだろうか。

と紹介すると、いささか重い感じを与えてしまうかもしれないが、全体的に実に軽やかである。ライトノベル的というほど年若い世代向きではなく、充分に大人向きではあるけれど、それでもライトな感覚は心地よく、事件の手触りはやわらかく、味わいは軽妙で、うきうきとして愉しい。その辺は男たちの葛藤に巻き込まれる第二話「率川神社の易者」がとくにそうだろう。シリーズ・キャラクターとなる岩島青年との出会いと掛け合いは漫才的な調子の良さもあって実におかしい。一方で、夢から真理をあてる第五話「夢ほどく法師」は、高樹のぶ子らしくエロティックで幻想的で、あえかな人生の苦みを色気で包んでいて余韻がある。

しかし幻想的といっても理路整然としているし、全体的にしっかりとした謎解きがあり、骨格はとても堅固である。『日本霊異記』との絡みも考えぬかれているし、やや霊異記寄りの強引な設定がなきしにもあらずであるが、そういう挑戦も嬉しい。

作品に則していうなら、「西大寺の言霊」などは、八と神社と男女の謎を『日本霊異記』を基にして探っていくのだが、手がかりとするのは、道鏡の名前の出てくる下巻三十八縁のみならず、道鏡も女帝も登場しない下巻三十六縁の西大寺の基壇を巡る因果応報譚で、歴史の定説である道鏡悪人説や二人の情痴《じょうち》関係を否定し、純愛の関係であったことを推理する。これなどは歴史ミステリの赴きすらあって、完成度が高い。ただ、傾向としては、仏教説話をもとにして若い女性が不思議な事件の謎を解くミステリといえるだろう。そこに家族の崩壊やいじめ、サイバー犯罪など現代的なテーマを盛り込み、さらに明日香と母親との屈折した関係、若い男との恋愛模様を並行させて興趣をもたせている。

本書『明日香さんの霊異記』は、ジャンルとしてはミステリに入るが、恋愛小説の名手、高樹のぶ子がミステリに挑むのは、美術ミステリ『マルセル』（二〇一二年。現在文春文庫）に続いて二度目となる。ただ、その前からミステリ的なサスペンスを書いていた。たとえば罪をテーマにした短篇連作『罪花』（二〇〇三年。現在文春文庫）などは、トラウマの扱いやツイストのきかせかたなど、なかなか堂にいっていて、充分に広義のミステリに入る。

高樹のぶ子はもともと小説巧者であり、抜群のストーリーテラーでもある。「文芸誌や芥川賞の世界から出発していながら、夜陰にまぎれて育った家を抜け出し、いろんな媒体に書いてきた。本人は文学の世界の住人だと信じているが、周りの人には、いまどこの子だかわからない親無し子、文学の世界から勘当された身に見えるかもしれない。ここでも私は、よるべなきあわいの人間である」（朝日文庫『花弁を光に透かして』所収「あわい（境界）を泳ぐ」）というけれど、その「あわい」はこの小説の魅力でもある。純文学とエンターテインメントの境界に身を置くことのできる才能だからこそ描ける世界だ。

たとえば、『マルセル』『明日香さんの霊異記』につづいて、高樹のぶ子は二〇一七年に『白磁海岸』（小学館）というミステリも出している。朝鮮白磁を題材にして日本と朝鮮の歴史的交流をひもとき、現代の北朝鮮情勢を踏まえながら事件を追及していて、社会派ミステリの視点も注目されるけれど、最終的に読者の胸に響くのは、高樹のぶ子ならではの青春の〝青麦の季節〟における恋愛感情の瑞々《みずみず》しさと痛々しさ、生きることの切なさである。純文学とエンターテインメントの境界に身を置くことのできる才能だからこそ到達できるレベルでもある。

それは本書『明日香さん霊異記』にもいえるだろう。明日香は「信仰心は薄い気がする」というけれど、「自分が他の人間と違い、特別のメッセージの受け手であることを自覚して」いて、その「メッセージは千年以上も昔の人間から発信されている」と考える人間だ。身体が千二百年昔と行き来はできないが、「千二百年昔に起きたことが今現在も繰り返し起きている」とし、事実、「心の動きや人間の心理は大して変わってはいない」（281）というように、霊的な存在を通して古代と現代をつなぎ、その境界のなかで謎を解くのである。「千二百年の時を飛び越えられるのは、フィクションを構築する力がある小説家だけ」と作者はあるインタヴューで答えているが、まさに『日本霊異記』を自在に読み解き、ミステリとしての面白さをもちつつ、神や鬼などの化身の戦慄を捉えて、高樹文学の艶やかな官能性も備えている。装いは軽くても、まことに懐の深い小説なのである。ぜひ読まれるといいだろう。作者にはぜひ第二作を書いていただきたいものである。

（文芸評論家）

◎本書は二〇一四年十月に刊行された『少女霊異記』（文藝春秋）を、再版したものです。

# 明日香さんの霊異記

潮文庫　た－5

2020年　4月20日　初版発行

著　　者　高樹のぶ子
発 行 者　南　晋三
発 行 所　株式会社潮出版社
〒102-8110
東京都千代田区一番町6　一番町SQUARE
電　　話　03-3230-0781（編集）
03-3230-0741（営業）
振替口座　00150-5-61090
印刷・製本　中央精版印刷株式会社
デザイン　多田和博


ISBN978-4-267-02240-1 C0193